Juste un instant

Juste un instant

Théâtre

Sébastien Martin

© 2018 Sébastien Martin
www.sebastienmartin.fr

Edition : BoD - Books on Demand
12/14 rond-point des Champs Elysées, 75008 Paris
Imprimé par BoD – Books on Demand, Norderstedt
ISBN : 978-2-3221-0211-2

Dépôt légal : 02/2018

Indications préliminaires

Trois personnages : Arthur, Baptiste et Roman. Ce dernier est à la fois plus âgé et plus marqué par la vie.

Entre les scènes, le noir est soutenu quelques instants, signifiant le déroulement d'un temps indéterminé.

Sur scène, un élément de structure représentant la flèche horizontale de la grue est indispensable, le reste pouvant n'être qu'évoqué.

Ci-dessus : croquis d'une grue, avec sa flèche horizontale, sa cabine, sa tour et son échelle.

Acte I, Scène 1

Nuit noire. Obscurité totale sur scène. On ne le voit pas, mais Arthur est déjà installé sur la flèche horizontale de la grue. Durant toute la scène, Baptiste l'interpelle des coulisses. On comprendra plus tard qu'il a grimpé sur un bâtiment à proximité, ce qui fait qu'ils peuvent converser en parlant fort, mais sans avoir à crier.

Baptiste   Vous êtes sûr de vous ?

Arthur   Oui !

Baptiste   Sûr ?

Arthur   Oui !

Baptiste   Sûr, vraiment ? Sûr et certain ?

Arthur   Oui ! Oui, oui, oui, oui ! Oui ! Mais je vous en supplie, vous, s'il vous plaît, allez-vous-en, taisez-vous ! S'il vous plaît ! Laissez-moi tranquille, laissez-moi... un instant, juste un instant ! Cet instant-là, là, maintenant. C'est trop demander ça, déjà ? Un instant de calme, juste un instant, s'il vous plaît, s'il vous plaît, laissez-moi tranquille, laissez-moi ! J'étais bien, là...

Silence.

Baptiste Bon. Tant mieux, ceci dit. Tant mieux pour vous. Vaut mieux ça. Parce que vous savez que c'est irrémédiable ?

Arthur Oh, non !

Baptiste Ah ben si ! Bien sûr que c'est irrémédiable, vous n'y avez pas pensé ? C'est dingue ça, ben mon gars vous pensez à quoi, faut pas faire des trucs comme ça, là, c'est dangereux, et c'est irrémédiable, faut pas faire des trucs comme ça, hein !

Arthur Oh non ! S'il vous plaît, taisez-vous ! Laissez-moi tranquille ! Arrêtez de me parler, pourquoi vous me parlez comme ça depuis tout à l'heure ? Qu'est-ce que je vous ai fait ?

Baptiste Ah ben oui, mais parce que si vous faites ça, après vous ne pourrez plus revenir en arrière, hein ! Vous ne pourrez plus dire : « euh, ben en fait, non je suis désolé, je me suis trompé... euh... je voulais pas faire ça, moi...»

Arthur S'il vous plaît, juste un instant, je vous dis. C'est rien, un instant ! Un instant, c'est un tout petit moment, ridicule, tout petit, un tout petit moment de silence, un tout petit moment sans vous, sans rien ni personne, rien, please, oh please !

Baptiste « ...non, non, non, je voulais pas faire ça moi, j'ai sauté d'accord, mais en fait, je voulais pas sauter, je me suis trompé, alors on rembobine, hein, et hop, je ne saute plus...»

Arthur S'il vous plaît, s'il vous plaît... Laissez-moi tranquille, vous ne pourriez pas faire ça, juste un peu, vous vous écartez, vous repartez ?

Baptiste Eh ben non, c'est pas possible, mon gars, évidemment que non, on peut pas revenir en arrière, bien sûr que non, si vous sautez, vous sautez. On pourra plus recoller les morceaux, c'est pas possible. Faut y penser maintenant ! Allez, hop ! *(se reprenant)* Heu, je veux dire, faut pas sauter, hein ! Allez hop, faut se ressaisir ! Vous m'entendez, faut pas sauter !

Arthur C'est vous qui ne m'entendez pas ! Je ne vais pas sauter, c'est promis, ça fait dix fois que je vous le dis ! Alors, vous pouvez partir !

Baptiste Allez, allez, vous allez descendre, et puis je vais vous raccompagner chez vous. Il y a bien quelqu'un qui vous attend, hein, forcément ! C'était une mauvaise idée, un mauvais rêve, un cauchemar, ce que vous voulez. Ça peut arriver à tout le monde, vous allez voir, demain, vous allez prendre un bon petit chocolat, et hop, tout ça ne sera plus qu'un mauvais souvenir.

Arthur Mais non, le cauchemar, c'est vous, là, là, maintenant !

Baptiste Ah ! Attendez, attendez, bonne nouvelle, j'ai une idée ! J'ai cru voir les disjoncteurs tout à l'heure, on va mieux y voir. Attendez, je descends et je m'en occupe.

Un court moment, puis on entend Baptiste crier de plus loin.

Baptiste   Et voilà !

Une lumière crue, comme un flash, éclaire la scène un court instant. On découvre alors le haut de la grue : le haut de la tour et de son échelle, la cabine de commande, et une partie de la flèche horizontale. Arthur est debout quelque part sur la flèche. Baptiste, au sol, est encore trop bas pour être visible sur scène.

Baptiste   Non, pas celle-là, attendez !

Puis une autre lumière, toujours comme un flash. Mais elle est différente dans sa teinte et dans sa direction.

Baptiste   Non pas celle-là. Ah celle-là !

Une autre lumière, encore, offrant un troisième point de vue sur cette scène, à la fois semblable et différent.

Clac ! L'obscurité revient.

Arthur   Mais qu'est-ce que vous foutez ?

Baptiste   Je ne sais pas. Sûrement les plombs.

Arthur   Bravo ! Vous voyez, ne touchez à rien ! N'intervenez pas !

Baptiste   Ah, attendez ! Si, il y a autre chose, là, on va voir...

Nouvel éclairage provenant cette fois de la tour et de la flèche, moins cru, laissant plus de place à la douceur, à l'ambiguïté et à la pénombre.

Baptiste   Voilà, c'est mieux ! Attendez-moi, je remonte !

Un court moment, puis on entend Baptiste qui est revenu à sa position antérieure, posté sur un bâtiment que l'on imagine à proximité de la grue, bien qu'il ne soit pas visible sur scène.

Baptiste   *(essoufflé)* C'est quand même mieux avec le balisage. Je ne sais pas pourquoi ils ne l'avaient pas allumé, c'est une faute, ça, c'est obligatoire d'allumer le balisage. Parce que sinon, il peut y avoir des accidents, c'est dangereux ça aussi ! Ouf ! Ça m'a fait mon sport, là, c'est haut, ce bâtiment ! C'est pratique pour vous parler, mais c'est haut !

Silence.

Baptiste   Oh, ça va là-haut ? Vous êtes toujours là ? C'est pas vrai, c'est pas vrai qu'il a sauté ?

Arthur   Je suis là.

Baptiste   Ah !

Arthur   Qu'est-ce que vous allez faire ?

Baptiste   Je vais vous aider !

Arthur   Je ne veux pas de votre aide.

Baptiste   Ah ben oui, mais là, faut l'accepter.

Arthur   Je n'en veux pas. Pourquoi faudrait-il que je l'accepte ?

Baptiste   Je ne sais pas, moi. Parce que... parce que c'est vous, parce que c'est moi ?

Arthur   Quoi ?

Baptiste   Parce que c'est vous, vous êtes perché, et parce que c'est moi, je passe par là. Et puis parce que vous êtes un peu en difficulté, tout de même. Vous êtes en souffrance, comme on dit. Vous n'allez pas bien. Y a quelque chose qui tourne pas rond, hein !

Arthur   Pardon ?

Baptiste   Attention, hein, j'ai pas dit que vous étiez fou, je n'en sais rien moi, je ne vous connais pas. Je dis juste qu'il y a certainement quelque chose qui ne tourne pas rond, pour en arriver là. Allez, peu importe, oubliez, venez, venez, descendez, on va en parler.

Arthur   Je ne veux pas parler. Et surtout pas avec vous.

Baptiste   Mais vous n'allez pas rester là-haut cent sept ans quand même, faut bien descendre !

Arthur   Ah oui, ça c'était prévu ! Je prends mon temps, et après je vais descendre, c'est promis. Mais d'abord vous partez !

Baptiste   Non, non, non, mais pas comme ça, justement ! Il ne faut pas sauter, hein ! Vous allez désescalader normalement, par la tour, et si vous avez le vertige, ne vous en faites pas, j'ai une corde avec moi, je vous sécuriserai.

Arthur Je ne veux pas de votre sécurité. Vous ne me sécurisez pas du tout, vous me faites flipper. Laissez-moi tranquille ! J'ai besoin de calme, de silence !

Baptiste C'est que je ne peux pas vous laisser comme ça, moi.

Arthur Et pourquoi pas ?

Baptiste Parce que je vous ai vu. Et si je vous ai vu, il faut que je vous aide.

Arthur Mais non, vous vous trompez, je vous dis !

Baptiste Si, si, bien sûr que si ! Il faut que je vous aide. D'abord parce que c'est naturel. Et puis parce que la loi est ainsi faite. Il y a non-assistance à personne en danger. Alors, je vais vous aider.

Arthur Mais non, voyons, je vous assure ! Personne ne vous demande rien. Vous ne pouvez rien pour moi. Je ne suis pas en danger. Alors, vous rentrez chez vous, vous le buvez, votre chocolat, vous vous endormez et puis plus rien.

Baptiste Plus rien ?

Arthur Oui, plus rien ! Et puis, basta, quoi, on passe à autre chose !

Baptiste Ah non, jamais !

Arthur   Vous m'épuisez. Déjà, je sens mon énergie se vider. J'ai besoin d'être seul, laissez-moi !

Baptiste   Si vous n'arrivez pas à descendre, je viens vous retrouver, je vais vous aider, vous allez voir.

Arthur   Je ne veux pas de votre aide, je ne veux pas de vous.

Baptiste   Vous allez voir, vous serez bien, une fois sur le plancher des vaches. Allez, vous devez avoir le vertige, j'imagine, l'ivresse, euh, des hauteurs, disons, vous ne savez plus exactement où vous en êtes.

Arthur   Je sais exactement où j'en suis ! Jamais de ma vie, je n'ai été aussi clair avec moi-même. Tout est limpide au contraire ! Cristal clair, comme ils disent. Un vrai diamant.

Baptiste   Vous allez voir, le plancher des vaches tout ça, ça va vous faire du bien. Le sol. Le sol ! Plat. Quelque chose de stable. Ça ne tangue pas, là, en bas. Tout est stable. Stable. Stable.

Arthur   Arrêtez de me parler. Ça colle, ça poisse, vos mots. Même les miens, je ne voudrais pas les dire, mais vous m'obligez. Beurk ! J'ai l'impression d'être une mouche prise les pieds dans un pot de miel. Tout était clair avant vous !

Baptiste   Mais je vous veux du bien, moi !

Arthur   Précisément, il m'étouffe votre bien, il me gave, je n'en veux pas, je veux de la pureté. De la beauté. Du silence. Pas de mots. Pas de miel. Pas de vous ! C'est clair ? Je voulais faire du cristal, moi, je me retrouve avec de l'ambre. Voilà ! de l'ambre. Avec une mouche prise à l'intérieur. Engluée pour des millions d'années à l'intérieur de vos mots, de votre bonne volonté, de votre bienveillance, je ne sais pas comment dire, beurk ! Voilà ce que j'ai à vous dire : beurk !

Baptiste   Suffit, je vais monter ! J'arrive !

Arthur   Oh non !!

Acte I, scène 2

Arthur et Baptiste sont maintenant tous deux installés sur la flèche de la grue, et ils resteront dans cette configuration jusqu'à la scène 6 incluse. Ils sont tour à tour assis, debout, au gré des échanges. Baptiste est équipé d'un baudrier, d'une corde de montagne et d'un sac à dos.

Silence.

Baptiste   Vous avez vu que je me suis tu ? Je me suis tu, oh... un bon moment. Je ne sais pas combien de temps ça a duré. Mais, bien... euh... un bon moment en tout cas. Ouaip. Je sais me taire, moi aussi. Allez, je me tais. Je me tais. Je ne dis rien. Je me tais, et vous remarquerez que ça n'avance pas plus, hein ? Alors, je parle. Non, je rigole, allez, je me tais, promis. Je ne vous dérange plus, hein !

Silence.

Arthur   Arrêtez avec vos « hein » !

Baptiste   Hein ?

Arthur   Arrêtez avec vos « hein » ! Vous n'arrêtez pas de me parler depuis tout à l'heure, et vous dites « hein » tout le temps ! C'est insupportable ! C'est comme les gens qui vous tapotent le bras ou le devant de l'épaule à chaque phrase : « Hein ? T'es d'accord ? Hein, hein, t'es là ? » Oh là, c'est insupportable ! Insupportable ! Alors, vous arrêtez, hein !

Baptiste   Ben, vous avez dit « hein » !

Arthur   Non, je n'ai pas dit « hein ».

Baptiste   Si, vous l'avez dit, là, tout juste.

Arthur   Non, je n'ai pas dit « hein », je vous imitais pour vous montrer, OK ? Et puis ça suffit là, je ne disais pas ça pour causer ! Justement non ! C'était pour que vous vous taisiez ! Une bonne fois pour toutes ! Et que vous arrêtiez de me déranger comme ça tout le temps !

Baptiste   OK, OK, je me tais.

Silence.

Baptiste   N'empêche que c'est vous qui avez commencé à parler, là !

Arthur   Oh putain, mais c'est pas vrai ! Le scotch ! Le scotch du capitaine Haddock ! Quoi qu'on fasse, quoi qu'on dise, ça insiste, plus on cherche à s'en défaire, plus ça colle.

Silence.

Baptiste   Oh ! Vous avez vu la chauve-souris, là ! Fantastique ! C'est dingue, ces bêtes-là, non ? Enfin excusez-moi, mais là, tout de même, il y a quelque chose... Moi, ça m'a toujours fasciné ! Gamin, j'en avais une peur bleue. Mais maintenant, ça va. Plus peur. Plus du tout. Ça a quand même une sale tête, hein, vous ne trouvez pas ? Bon, laissez tomber.

Silence.

Baptiste   Je m'excuse. Pour le « laissez tomber ». C'était pas très délicat. Un peu maladroit, vu les circonstances. C'est venu comme ça. Ça tombait mal. *(se reprenant)* Oh…

Silence.

Baptiste   Et puis flûte, hein. Si on ne peut plus rien dire… S'il faut faire attention à tout, peser chaque mot… Ça devient pénible.

Arthur   Oui !

Baptiste   Ah !

Arthur   Vous dites toujours tout ce qui vous passe par la tête ? Tout et n'importe quoi ?

Baptiste   Ben oui, pas vous ?

Arthur   Non. Un papillon qui passe, vous le suivez. Puis là, il y a camion qui démarre, et hop, vous embrayez sur le camion ! Un travelling permanent. Le zapping généralisé. L'esprit vagabond. Qui erre, de rebond en rebond. La volatilité à l'état pur. Voilà ! C'est ça ! J'ai rencontré ici, aujourd'hui, en haut de cette grue, la volatilité à l'état pur ! Pop ! Ça apparaît, ça sort d'on ne sait où, ça grimpe, ça se disperse, ça prend toute la place…

comme un gaz, quoi ! Et vous savez quoi ? C'est étrange, c'est une découverte, mais figurez-vous qu'elle n'est pas sans lourdeur, la volatilité ! Elle me pèse, moi, votre volatilité !

Acte I, Scène 3

Même configuration que dans la scène précédente.

Silence. Baptiste sort un paquet de cigarettes de son sac à dos.

Baptiste Une cigarette ?

Arthur Je ne fume plus.

Baptiste Moi non plus.

Arthur *(agacé)* Vous ne fumez pas et vous avez un paquet de cigarettes sur vous ?

Baptiste Je l'ai trouvé dans le taxi.

Silence.

Arthur Votre employeur, il vous paie le taxi ? Parce que vous êtes bien le gardien du site, ou je me trompe ?

Baptiste Ah non, non, non, mais le taxi, c'était tout à l'heure, ce matin. Ça a été toute une histoire !

Arthur Et la corde et le baudrier, c'est prévu dans l'équipement du gardien ? Au cas où il y aurait des gens comme moi à récupérer, c'est cela ? Eh bé ! Ça arrive souvent ?

Baptiste   Non, pas très. Certainement, euh... Je ne sais pas, moi.

Silence.

Baptiste   Pourquoi vous êtes venu ici ?

Arthur   Ça ne vous regarde pas.

Baptiste   Si, dites-moi !

Arthur   Ça n'est pas ici que je voulais venir. Mais mon portable m'a lâché, plus de batterie, donc plus de GPS, et pas de station-service dans le coin pour demander le chemin, rien ! Et puis j'ai vu cette grue. Ça m'a paru pas mal, finalement. Alors, je suis monté. Voilà.

Silence.

Arthur   Donnez-moi une cigarette, s'il vous plaît.

Baptiste lui donne une cigarette.

Arthur   Merci.

Silence.

Baptiste   Vous avez changé d'avis, là.

Arthur   Oui, et ?

Baptiste   Rien, je dis ça comme ça.

Silence.

Baptiste   Elle est bonne, la cigarette ?

Silence.

Baptiste   Vous ne dites plus rien ?

Arthur   *(après un soupir)* Vous savez, quand j'étais môme, il y a un truc que j'aimais bien faire dans mon bain. Je m'amusais à rapprocher des bulles de savon, à les faire se frôler sans qu'elles s'attachent l'une à l'autre. C'était très difficile. Voire impossible, en fait. Si elles se frôlent vraiment, les bulles, tchac ! elles se collent, et c'est fini. Alors là, je passais le doigt en dessous, à l'intérieur, et je faisais péter la cloison qui les séparait. Ça signait la défaite et c'était un peu écœurant. Quitte à être collés, autant n'être qu'Un, c'est ça que ça voulait dire. Beurk. Non, pour se frôler, sans se coller, les bulles de savon, vous savez quoi ? elles doivent se frôler de loin, c'est-à-dire ne pas se frôler, en fait. Se croiser, garder une certaine distance.

Baptiste   Ah ?

Arthur   Je vous avais dit de ne pas me frôler. Vous auriez dû rester à distance. Vous auriez poursuivi votre chemin, vous auriez filé tout droit. Tu m'as vu, je t'ai vu, bon alors adieu !

Baptiste   Je vous voyais venir. Malin, hein ?

Silence.

Baptiste   N'empêche que ça s'appelle la tension superficielle, votre truc.

Arthur   Quoi ?

Baptiste   Ce qui fait que les bulles de savon, ça se colle : c'est la tension superficielle.

Arthur   Ah. Et vous connaissez ça, vous ?

Baptiste   Oui ! *(court silence)* Mais, au fait, vous ne sautez plus ?

Arthur le regarde, incrédule, et est pris d'un léger rire nerveux.

Arthur   Non, je ne saute plus, non, si vous le dites.

Baptiste   Et pourquoi ?

Arthur   Pourquoi je ne saute plus ? C'est vrai ça, c'est une bonne question ! Quoi vous dire que vous puissiez enfin entendre ? Pourquoi je ne saute plus ? Je ne sais pas. Disons, parce que vous êtes là ?

Baptiste   Oui, oui, je suis là. Maintenant, tout va bien, ne vous en faites pas.

Arthur   *(en dévisageant Baptiste)* Non, mais vous me faites marcher là, hein ? C'est une blague ? Il y a des caméras ?

Baptiste   Ben quoi ?

Arthur *(excédé)* Ben quoi, quoi ? Vous n'allez pas rester là tout le temps à me coller, si ? Vous allez partir, tout de même ! Vous allez me laisser ? Parce que si je suis venu ici, c'est bien que j'ai besoin de calme, moi. Voilà. Du calme ! Du beau ! Du vide !

Baptiste *(s'alertant)* Oh !

Arthur *(énervé)* Oui, du vide ! De la clarté. Du rien. Du silence. Du silence... *(plus calme)* Avec du Schubert éventuellement, un impromptu. Ou bien la jeune fille et la mort, tiens, pourquoi pas, la jeune fille et la mort ?... Mais juste quelques notes alors, pas plus. Parce que c'est surtout du silence qu'il me faut, vous entendez, ça ? Du silence. Sans rien ni personne. Ni vous, ni moi d'ailleurs. Juste le monde tel qu'il est vraiment. On enlève l'humain et on garde le monde, brut. Histoire d'en ressentir l'abîme. Le froid. D'en retrouver l'esquisse... (*de plus en plus exalté*) Oui, c'est ça, l'esquisse, j'ai besoin d'esquisse ! Pas de paroles ! J'ai besoin d'un trait. Même pas d'un trait, même pas d'un point. D'un rien ! Non, on y revient, décidément : j'ai besoin d'un vide !

Baptiste Eh ben ! C'est pas simple votre affaire.

Arthur Pardon ?

Baptiste On pourrait croire que c'est beaucoup plus simple que ça. On en a marre de la vie, il y a un truc qui ne va pas, on n'en veut plus de cette vie, alors, on s'approche du bord, et puis on saute, et puis c'est tout, quoi ! Plouf !

Arthur *(consterné)* Plouf ? Vous avez dit « Plouf » ? Ah ! C'est effrayant ! Pauvres gens !

Baptiste Ben quoi ?

Arthur Alors c'est vraiment comme ça ? Il y a des gens qui se suicident, et d'autres, à côté, qui disent : « il a fait plouf ! » C'est effrayant !

Baptiste Ben quoi ? Vous vous attendiez à quoi ?

Arthur À... à un peu de décence. *(courte pause)* Mais surtout à ce que vous vous taisiez, en fait ! Vous, les autres, tous ! À ce que ça se taise, enfin, partout dans le monde !

Baptiste Ah ben non, ça va pas être ça, hein ! On va pas sauter, nous !

Arthur Oï oï oï... Je n'aurai jamais dû vous laisser monter, vous allez tout gâcher.

Baptiste Tout gâcher ! Vous en parlez comme s'il s'agissait d'un spectacle, d'une performance.

Arthur En quelque sorte.

Baptiste N'importe quoi !

Acte I, Scène 4

Même configuration que dans la scène précédente.

Silence.

Arthur   Je n'arrive plus à retrouver le nom de cette ville.

Baptiste   Quelle ville ?

Arthur   Une petite ville en Italie, près de Naples... Peu importe. Un joli coin en tout cas. Eh bien, vous savez quoi ? Un petit peu en dehors de cette ville, il y avait un pont. Et de ce pont, les gens avaient pris l'habitude de se suicider. Alors, la municipalité en a eu assez, et ils ont installé des barrières anti-suicide. Et ils ont installé ces barrières d'un côté seulement. C'était suffisant. Parce que les gens sautaient toujours du même côté. Toujours du côté où la vue était la plus belle. C'est étonnant, non ? Pourquoi aller rechercher la beauté à ce moment-là ? Alors que l'on pourrait croire que plus rien ne compte, vous ne pensez pas ?

Baptiste   Oui, c'est étonnant. Mais alors pourquoi ? ça, je n'en sais rien... En même temps, pour le savoir, c'est à vous qu'il faut le demander ! Vous êtes dans ce cas-là, après tout !

Arthur   Dans quel cas ?

Baptiste   Ben, dans le cas des gens qui veulent se suicider ! Vous avez déjà oublié ? Vous avez changé d'avis ? Ah ben tant mieux, parce que moi, je trouve vraiment que ça caille ici, alors si on peut descendre assez rapido, je suis plutôt preneur...

Arthur   Non mais attendez, là, je ne suis pas « dans le cas de »... Enfin, c'est quoi cette histoire ? Ça n'a rien à voir, moi ! Combien de fois je vais devoir vous le dire ?

Baptiste   Bon, d'accord, d'accord... ! Vous, vous n'êtes pas comme les autres. Pardon, je ne voulais pas vous blesser... En plus, c'est vrai ! *(en ricanant)* Parce qu'en venant ici, c'est sûr que vous n'avez pas vraiment choisi la beauté !

Arthur   Pourquoi vous rigolez ?

Baptiste   Ben, c'est quand même un peu dégueulasse ici, non ?

Arthur   C'est une grue, c'est tout.

Baptiste   Non, mais la grue, ça va, c'est ce qu'il y a autour qui est franchement dégueulasse !

Arthur   Je ne sais pas, on ne voit rien.

Baptiste   Attendez, je vais prendre ma torche... *(éclairant le sol)* Voilà, vous voyez là ?

Arthur Non.

Baptiste Et là ?

Arthur Non.

Baptiste Dommage. Parce que ça vaut le coup !

Arthur Dites-moi donc, qu'est-ce qu'il y a de si dégueulasse ?

Baptiste Vous n'en avez pas entendu parler ?

Arthur Non.

Baptiste Vous êtes bien le seul. Parce qu'on en a tous entendu parler, et pas qu'un peu ! Ça a fait du bruit. Au sens propre et au figuré ! Quand ça a pété, il y en a eu partout, partout…

Arthur De quoi ?

Baptiste De la merde. De la bonne merde de porc. Partout, ça a volé à deux cents mètres. Vous voyez, là, en bas, la cuve au toit abîmé ? C'est le digesteur, ils appellent ça. Le digesteur. C'est là que ça a pété, mais vous voyez là, bon on ne voit pas très bien, mais tous les bâtiments autour, ils ont été soufflés par l'explosion, les vitres ont volé bien sûr, mais plus que ça, certaines façades se sont effondrées. Non, ça a été violent, hein ! Vraiment !

Arthur Qu'est-ce que c'est qu'un digesteur ?

Baptiste   Un digesteur, c'est là où on introduit le fumier de la porcherie que vous voyez... *(cherchant, avec sa torche)* attendez, je pense que c'est là-bas, oui c'est ça, là-bas, et on brasse et on brasse, ça fermente, et ça produit du gaz, du méthane, que l'on récupère et que l'on vend sur les marchés de l'énergie. Et voilà ! Recyclage de la merde de porc, rien ne se perd, tout se transforme !

Arthur   Waouh ! Et qu'est-ce qu'il s'est passé ?

Baptiste   On ne sait pas encore. Ça vient de se passer, l'enquête est en cours. L'installation est toute neuve pourtant, ça a ouvert il y a trois semaines seulement, et voilà ! De la merde, du fumier projetés à deux cents mètres à la ronde. Ils ont eu de la chance : aucune victime, c'était la nuit. Les bâtiments abîmés, les tracteurs renversés... Des porcs traumatisés peut-être aussi, mais c'est tout.

Arthur   Waouh...

Baptiste   Vous voyez, côté beauté, c'est pas terrible votre affaire, ça s'engage mal. Moi, je vous invite à renoncer, mais bon...

Arthur   Eh bé ! Je n'avais pas vu tout ça quand je suis arrivé. Et la grue ?

Baptiste   La grue, c'est pour le bâtiment en-dessous, là où j'étais tout à l'heure pour vous parler. Je ne sais pas ce qu'ils construisent, en tout cas, ils ont arrêté les travaux.

Arthur   Et vous, vous travaillez là-dedans ! Vous gardez le site ! C'est bien, dites donc, c'est mouvementé, on avait dû vous vendre un boulot pas trop agité... Vous étiez là le soir de l'explosion ? C'était comment ?

Baptiste   Non je n'étais pas là.

Arthur   Heureusement pour vous ! Mais là, maintenant, il y a quoi à garder ? Un digesteur explosé, de la merde éparpillée, des bâtisses sérieusement secouées, un entrepôt à moitié construit, une grue impotente... C'est un peu la désolation, tout ça. Ça va, ça ne vous attaque pas trop le moral ?

Baptiste   Ça va, ne vous en faites pas pour moi. Et vous, alors ? Vous en êtes où ?

Arthur   De quoi ?

Baptiste   Du moral ! Vous en êtes où ? Je vous rappelle, qu'il y a deux heures, oh, plus maintenant, ça caille quand même, non ? Enfin, bref, vous étiez à deux doigts de vous supprimer !

Arthur   Mais non, je vous dis ! Et je vous le redis ! Et pour moi, rien n'a changé ! Je suis toujours le même, j'ai toujours les mêmes intentions, que vous n'entendez pas. Et ce n'est pas une question de moral. Je vais très bien, merci ! Tout va bien ! Justement. Tout va très bien !

Baptiste   Mais, qu'est-ce qui vous pousse à faire ça alors ?

Arthur   Mais voyons, rien ! Rien ne me pousse à faire « ça » !

Baptiste   Ah ben, c'est que vous êtes désespéré !

Arthur   Non !

Baptiste   Ben si ! Si rien ne vous pousse plus à rien, c'est ce qu'on appelle la déprime, la dépression, le désespoir quoi. Vous êtes désespéré.

Arthur   Non.

Baptiste   Mais si, mais ce n'est pas grave, il n'y a pas de honte à avoir ! Vous êtes désespéré, vous êtes désespéré. C'est tout. Comme des millions de gens avant vous ! Les temps sont durs, hein ?

Arthur   Je ne suis pas désespéré.

Baptiste   Bon, OK, appelons ça autrement, alors. Quel mot on pourrait trouver ? Hein ? Vous m'aidez ? Allez !

Arthur   Non mais attendez, je n'ai aucune envie de jouer, là, moi !

Baptiste   Et voilà, pas de plaisir, pas d'espoir, pas de projet. Le monde vous paraît terne et sans issue. Ben, vous déprimez, quoi !

Arthur   Mais non !

Baptiste Faut sortir un peu, faut se forcer ! Bouger, aller voir des amis...

Arthur Oh mon dieu ! Le retour de la soupe et du chocolat !

Baptiste Hein ?

Arthur Le truc que l'on sert, ça n'a pas de sens, ça ne veut rien dire, vous ne savez même pas ce que vous dites, là ! C'est grotesque.

Baptiste OK, expliquez-moi alors ! Je ne comprends rien, expliquez-moi !

Arthur Je n'ai rien à vous expliquer.

Baptiste Ben si, dites-moi ! Vous êtes plutôt beau garçon, vous êtes éduqué, vous avez l'air d'avoir, disons, un certain niveau de vie. Bref, tout va bien, pourquoi vous voulez faire ça ?

Arthur Mon Dieu, quelle bêtise ! Quelles histoires vous vous racontez, mon pauvre ! Et en plus, vous croyez vraiment qu'il n'y a que les moches, les ignares et les pauvres qui se foutent en l'air... Eh bé ! Grandiose ! Ça vole haut ! On atteint des sommets, là !

Baptiste Vous avez l'air en colère.

Arthur Je ne suis pas en colère, ça me gonfle !

Baptiste Quoi ?

Arthur   De vous entendre depuis tout à l'heure, de vous parler !

Baptiste   Ça y est, ça le reprend…

Acte I, Scène 5

Même configuration que dans la scène précédente.

Baptiste   Vous savez ce que c'est, une autolyse ?

Arthur   Non, et je m'en fiche ! Les trucs de chimie, c'est comme les boulons et la graisse sur les chaines de vélo, et la merde de porc, tiens, maintenant, et la merde de porc : je n'aime pas ça.

Baptiste   Ce n'est pas un truc de chimie !

Arthur   Je croyais. Les anions, les cations, tout ça...

Baptiste   Non. Autolyse, c'est l'autre nom du suicide.

Arthur   Ah ?

Baptiste   Oui. Auto-lyse. Dissolution de soi-même.

Arthur   Bien. Intéressant. Mais je vous rappelle que je n'avais pas l'intention de me dissoudre, moi. Alors après, qu'un petit bain de paroles comme ça, ça ait tendance à piquer un peu, à m'attaquer les chairs, ça oui, je confirme ! Le venin est en train de faire son œuvre. J'étais tranquille, moi, je ne demandais rien à personne.

Et me voilà coincé dans une baignoire d'acide. Voilà mon autolyse. C'est vous qui la menez mon autolyse.

Silence.

Arthur *(bougonnant)* Autolyse, c'est vraiment un terme de chimiste, ça… C'est pas possible ! C'est vilain, tout de même ? Vous vous en rendez compte, non ?

Silence.

Arthur Pfff… Tiens, vous allez vous rendre utile, vous qui avez l'air de connaître les choses, disons… techniques. Comment ça s'appelle, le feu sans flammes ?

Baptiste Le feu sans flammes… Vous voulez dire la combustion lente ?

Arthur La combustion lente, c'est ça !

Baptiste Pourquoi ?

Arthur Rien, rien. Comme ça. Je ne sais pas ce qui me faisait penser à ça. *(courte pause)* Je trouve ça fascinant. Quelque chose qui se consume l'air de rien, sans que ça se voit, sans que personne s'en doute. Qui ravage tout en douce…

Baptiste Oui. En même temps, il n'y a pas grand mystère. Une flamme, c'est juste une histoire de chaleur et de longueur d'onde. Et une combustion lente, c'est juste une oxydation, c'est la rouille, quoi.

Arthur   Mouais... avec des « c'est juste », on désenchante le monde, vous savez... Faut pas trop analyser !

Baptiste   Hein ?

Arthur   Vous cassez tout en analysant.

Baptiste   Mais c'est vous qui me l'avez demandé !

Arthur   Non, je vous ai demandé un mot. Pas toute une théorie, pas l'explication scientifique. Juste un mot.

Baptiste   Mais qu'est-ce qui vous agace comme ça ?

Arthur   C'est que ça casse tout, de tout analyser, de donner une cause à tout ! Même l'amour, vous pouvez n'y voir qu'un dérèglement biochimique après tout, un truc d'hormones, tout ça... On dissèque, on dissèque, et à la fin, on ne voit plus rien ! La grenouille est morte depuis bien longtemps, et pourtant quand vous lui avez ouvert le bide, c'était pour comprendre le mécanisme de la vie... C'est absurde ! Alors, laissez les explications, les causes, tout ça, de côté ! On utilise les mots, juste comme ça. Pour désigner. Point. Pour évoquer. Voilà, on évoque.

Baptiste   Bon, on évoque... Évoquons ! Et on évoque quoi ?

Arthur   Je ne sais pas. Faites comme vous voulez, mais faites-le en silence.

Silence.

Baptiste   Moi ce que ça m'évoque, votre truc, c'est que c'est une façon de parler de vous, c'est ça ?

Arthur   Pardon ?

Baptiste   Hé, vous avez vu, je suis, moi, hein ! J'écoute ! L'histoire, c'est donc que tout à coup, vous avez eu l'impression que votre vie était en pleine combustion lente, c'est ça ? L'ennui, le quotidien qui étouffe, tout ça, quoi, classique... On s'oublie, on s'oublie, et quand on s'en rend compte, tout est déjà calciné, perdu. Alors...

Arthur   Alors plouf ! Eh bien, non, pas de chance, ça n'est pas cette histoire-là.

Baptiste   Vraiment ?

Arthur   *(s'énervant)* Oui vraiment ! Alors, peut-être que dans ma vie, il y a déjà eu de la combustion lente, c'est une bonne image, je vous l'accorde. Mais ça n'a rien à voir avec ce que je fais ici. Rien. En plus, c'était il y a longtemps, il y a un siècle. Et puis, dans le fond, je vous le rappelle, ça ne vous regarde pas !

Silence.

Arthur   *(plaintif)* C'est pas possible, ça, pfff... !

Silence.

Arthur   *(revenu au calme)* Bon, allez, vous savez quoi ? Je vais vous faire plaisir.

Baptiste   Ah ?

Arthur   Oui, vous avez raison, finalement. D'une certaine façon. C'est bien la combustion lente qui m'a amené ici. Mais pas comme vous le croyez.

Baptiste   Ah, et comment ?

Arthur   Ben, l'idée, si l'on poursuit l'image jusqu'au bout, c'est que ce truc qui vous bouffe, l'air de rien, ça n'est pas seulement l'ennui du quotidien ! Mais c'est plus général que ça, finalement. C'est tout ce qui vous attache, tout ce qui vous empêche, tout ce qui fait que les choses se répètent, tout le temps, tous les automatismes de la vie. Tous les liens, toutes les entraves ! Et parmi ces entraves, vous savez quoi ? Il y a vous ! Vous, comme les autres... Vous, que je suis venu fuir ici ! Et puis il y a vos mots ! Les mots ! Voilà, surtout les mots !

Baptiste   Les mots ?

Arthur   Oui, les mots ! Ce sont quand même de sacrés moules dans lesquels on est prié de se fondre, vous ne trouvez pas ? Ce sont eux qui viennent nous contraindre, nous tordre, qui font que l'on pense tous pareil, que l'on s'inscrit dans des automatismes de pensée, et que c'est même très difficile de ne pas penser ! Ce sont eux qui nous empêchent de voir autrement, de sentir, de ressentir. Ah ! Ce que j'aurais aimé être peintre ou musicien !

Baptiste   Ah bon ?

Arthur   Oui ! Mais je ne suis ni peintre ni musicien.

Baptiste   Et vous voulez vous supprimer pour ça ?

Arthur   Non ! Mais j'essaie de faire autrement, de m'élever ! D'échapper à la gravité !

Baptiste   Oh ! malheureux ! il ne faut pas vous jeter dans le vide, ça ne marchera pas !

Arthur   Mais non, voyons ! Vous n'y êtes pas du tout, vous ne comprenez rien ! J'essaie au contraire de retrouver au quotidien, ces petits moments-là, de bonheur, où l'on peut s'extraire. S'extraire des mots, s'extraire des autres... Et même s'extraire du temps !

Baptiste   Du temps ?

Arthur   Oui, du temps ! Sortir de l'histoire, de l'écoulement, du récit. Et retrouver cette rencontre avec l'instant.

Baptiste   Vous me perdez, là, hein ! C'est perché quand même, votre truc, non ?

Arthur   Vous avez lu Jankélévitch ?

Baptiste   Non.

Arthur   Lui aussi, à sa façon, il va chercher cette chose-là, ce Je-ne-sais-quoi, ce Presque-rien, comme il dit, cette chose si essentielle mais que l'on ne voit jamais, parce que l'on est toujours en mouvement, en train d'enjamber les instants, de se raccrocher au passé, de se projeter dans l'avenir, de penser.

Baptiste   Je ne comprends rien.

Arthur   Eh bien moi, ces instants, je les cherche, je les chasse. Je suis avec mon filet à papillons, et j'essaie d'en saisir quelque chose.

Baptiste   Je ne suis pas sûr de comprendre cette histoire d'instant, mais bon.

Arthur   Vous connaissez l'histoire du lac Ladoga ?

Baptiste   Non.

Arthur   Vous ne connaissez pas l'histoire du lac Ladoga ?

Baptiste   Non !

Arthur   Alors, je vous la raconte. C'était pendant la Seconde Guerre mondiale. Un hiver, je ne sais plus lequel. Mais en tout cas un hiver, près de Saint-Pétersbourg. Il faisait froid, évidemment. Très froid, vous imaginez. Bien en dessous de zéro. La neige partout, la glace même. Tous les lacs gelés... tous, sauf le lac Ladoga. De l'eau claire, limpide. Les combats font rage entre Russes et Allemands. Un feu qui éclate. Et des chevaux qui se mettent à fuir, une horde de chevaux au galop. Ils se précipitent vers le lac, se jettent dedans et tentent d'atteindre l'autre rive. Et là, au beau milieu du lac, tout à coup, un fracas épouvantable. Crac !

Baptiste   C'était quoi ?

Arthur L'inverse de la glace qui se brise ! La glace qui prend. Tout à coup. Tchac ! Le piège qui se referme sur les chevaux. Tout le lac, immense, en un instant, qui se fige. Le lendemain, les Russes ont retrouvé leurs chevaux, des centaines de chevaux, coincés dans la glace. Il y avait juste leurs têtes qui dépassaient. Tout le reste était lisse comme une patinoire. Incroyable, non ?

Baptiste Ouais.

Arthur Eh bien c'est ça, un instant. Ou plutôt son effet. Tchac ! En un instant, tout à coup, tout change. En un instant, la réalité devient tout autre. Il y a un avant, il y a un après, et il y a cette pointe de l'épingle que l'on ne voit plus, mais sur laquelle pourtant on n'arrête pas de se percher, comme des fakirs insensibles. Et cette pointe, moi, elle me fascine. Alors, je vais la chercher...

Baptiste *(perplexe)* Ah... Et vous la trouvez ?

Arthur Oui, à certaines occasions ! Quand il y a de la rupture dans la logique, de la discontinuité, quand il y a de la surprise, par exemple, voilà, là ! en un instant, tout change ! Ou quand il y a un effet de sens : tout à coup, quelque chose prend sens, tout s'éclaire, tchac ! Et c'est pareil, quand on crée, quand on trouve ! *(courte pause)* Et il y a un autre moyen aussi...

Baptiste Ah ?

Arthur Oui, c'est quand il n'y a personne, mais vraiment personne, ni pensées ni mots. Là aussi, il y a rupture dans la logique, là aussi il y a de la surprise, là aussi il y a quelque chose qui happe, qui saisit, qui emporte. Et si c'est juste un instant, hein, si ça ne dure pas, surtout ! alors, là, c'est vraiment quelque chose...

Baptiste   Mouais, bon, si vous voulez. Mais vous savez comment ça s'appelle, votre truc ?

Arthur   Quoi ?

Baptiste   Votre truc, ce qui s'est passé au lac. C'est une surfusion.

Arthur   Je m'en fiche !

Baptiste   D'accord, mais vous savez la surfusion, on la trouve partout. Là, c'est sûr que c'est vraiment impressionnant votre histoire, je ne la connaissais pas. Mais, par exemple, la neige, au départ, c'est des gouttelettes d'eau en surfusion. Dans leurs nuages là-haut, elles aussi, elles devraient être sous forme de glace, mais elles sont liqu…

Arthur   Taisez-vous !

Baptiste   Si, attendez, parce qu'il faut bien comprendre que si c'est en surfusion, c'est parce que c'est encore liquide, alors que ça devrait normalement déjà être sous forme de glace à cette température-là. Et ça, c'est possible, parce que c'est un liquide très pur. C'est pour ça, votre lac, là, je ne sais pas trop, mais bon. Et il suffit d'un changement, une impureté, un mouvement, une petite oscillation, une vibration, et hop, ça change de phase !

Arthur *(d'un air inspiré)* Une petite oscillation, une vibration, et ça change de phase, oh... ! OK, OK, c'est bien, ça, c'est intéressant, mais maintenant ça suffit, je n'en veux pas plus.

Baptiste Pourquoi ?

Arthur *(s'emportant)* Mais parce que ça suffit ! Laissez-moi avec mon image, bon dieu ! Juste ça, l'image. Sans raisonnement.

Silence.

Arthur Bon, je me suis emporté, excusez-moi. C'est pas mal ce que vous m'avez appris sur la surfusion, tout de même. Parce que jusque-là, moi, ce qui me plaisait dans cette histoire du lac Ladoga, c'était ce changement instantané, cette démonstration de l'instant. Bon, c'est une image, hein, bien sûr. Mais là, grâce à vous...

Baptiste Grâce à moi, eh bé !

Arthur Oui, grâce à ce que vous m'avez dit sur la surfusion. Vous voyez, je ne suis pas peintre, ni musicien : je suis condamné à faire avec les mots, même lorsque je veux m'en libérer. Heureusement, parfois, il y a des mots, qui éclairent. Souvent, ils aveuglent, mais parfois ils éclairent. Et là, la surfusion, tout ça, ça me parle, à moi, et ça m'explique ce qui m'attirait dans cette histoire. Parce que c'est une histoire qui raconte que quelque chose était déjà là, en latence, de façon diffuse, confuse, et que, tout à coup, cette chose-là, vient se transformer, aboutir, se réaliser... *(court moment de réflexion, puis s'exaltant)* Hé oui, c'est ça ! J'ai trouvé ! C'est de la surfusion du désir, dont on parle ! Waouh ! Surfusion du désir, ça claque, quand même ! On imagine bien le truc...

Baptiste   Non !

Arthur   Mais si, voyons ! Comment vous expliquer ? Tenez, prenez ce film « Lost in translation » ! Vous savez, un homme, une femme, c'est l'histoire de leur rencontre dans un aéroport au Japon... Eh bien, il y a une ambiance incroyable dans ce film, quelque chose de très flottant, très diffus, entre deux eaux. Parce qu'ils sont en décalage horaire, parce que la culture, la langue, tout leur échappe... mais aussi parce qu'il y a quelque chose qui ne tourne pas rond au niveau du désir. Le désir, dans ce film, il est là, omniprésent, on le sent, mais il reste flottant, vaporeux. Il est dans une phase qui ne devrait pas être la sienne à ce moment-là, et la question est de savoir si ça va prendre ou pas, si les vibrations vont finir par faire leur effet, s'il va y avoir enfin cet instant-là où tout bascule.

Baptiste   Eh bé dites donc, quelle histoire ! Je me rends compte que je faisais fausse route, moi ! Rien à voir avec la dépression ! Vous n'êtes pas du tout déprimé, en fait ! Un peu allumé, mais pas déprimé, ce n'est pas ça qui fait votre envie d'en finir. C'est beaucoup plus simple : tout part d'un coup de foudre !

Arthur   Pardon ?

Baptiste   Oui, vous avez eu un coup de foudre ! Vous l'avez vue, dès le premier instant, vous l'avez aimée ! Hop, surfusion du désir, tout ça... Et puis, après, j'imagine que ça s'est mal passé, bref et que ça vous a mené là.

Arthur   Oh non ! C'est pas vrai !

Baptiste   Ben quoi ?

Arthur   Mais vous n'avez rien compris !

Baptiste   Ben si ! Surfusion du désir, vous l'avez dit vous-même !

Arthur   Mais non ! Quand je parle du désir, je parle du désir au sens large, voyons ! Le désir, c'est cette force qui vous mène, qui vous emporte. Il y a le désir dans l'amour, d'accord, mais il y a aussi le désir dans l'art, dans la vie ! Le désir comme moteur, le désir comme élan, comme trajectoire, comme acte, comme création ! Le désir qui est là, sous-jacent, qui se tait, diffus, on l'oublie, on le néglige, on le perd, on ne le connaît plus, et tout à coup il suffit d'un rien, d'une petite oscillation, d'une vibration et tchac ! une évidence ! il surgit, il vous prend, tout entier, en un instant. Il se rappelle à vous, le désir. Ça ne dure qu'un instant, mais c'est jouissif, c'est là que la vie prend tout son sens, dans cet instant de jouissance !

Baptiste   *(dubitatif)* Ahh... *(courte pause)* Tout à l'heure, j'avais compris, mais là... je ne sais plus !

Acte I, Scène 6

Lorsque la lumière se rallume, Arthur, adossé à un élément de la structure, se réveille. Il ne voit pas tout de suite la corde nouée à ses chevilles.

Baptiste   Ça va ? Bien dormi ?

Arthur   Hmm ?

Baptiste   Vous vous êtes un peu assoupi, je crois…

Arthur   Oufff... J'ai dormi longtemps ?

Baptiste   Non pas très. Une demi-heure peut-être. C'est que ça a dû vous remuer tout ça.

Arthur   Quoi ?

Baptiste   Ben tout ça !

Silence.

Arthur   Vous êtes toujours là, vous ? Vous n'êtes pas descendu ?

Baptiste   Ben non, pourquoi ?

Arthur   Parce que vous n'allez pas rester là tout le temps, quand même ? C'est bon, vous pouvez me laisser tranquille maintenant ?

Baptiste   Ben non. Dites donc, vous avez le sommeil mauvais ! Vous étiez de meilleure humeur avant de vous endormir.

Arthur   Allons, il fait froid, vous grelottez, croyez-moi, rentrez chez vous !

Baptiste   Avec vous !

Arthur   Pardon ?

Baptiste   Avec vous ! Je ne descendrai qu'avec vous !

Arthur   Mais non, voyons ! Laissez-moi tranquille !

Arthur découvre la corde nouée à ses chevilles.

Arthur   Mais... mais qu'est-ce que c'est que ça ?

Baptiste   Quoi donc ?

Arthur   Ça ! Là ! Qu'est-ce que c'est que ça ? Vous m'avez attaché ?

Baptiste   Non...

Arthur   Mais si, voyons, je vois bien que vous m'avez attaché ! Ne dites pas le contraire, c'est quoi ça, cette corde ?

Baptiste   Je ne vous ai pas attaché.

Arthur   Mais si, voyons, cette corde, là ! Autour de ma cheville ! De mes deux chevilles ! Non, mais c'est quoi ça, bon dieu ! Vous m'avez pris pour du gibier ! Mon dieu, un psychopathe, je suis tombé sur un psychopathe ! Qu'est-ce que vous me voulez ?

Baptiste   Allons, du calme, du calme ! Je ne vous veux pas de mal, vous le savez, maintenant, quand même ! Je ne vous veux que du bien !

Arthur   La réplique d'un film d'horreur ! Mon dieu, qu'est-ce qui vous a pris ?

Baptiste   Calmez-vous ! Je ne vous ai pas « attaché », je vous ai « sécurisé », ce n'est pas pareil. Pour que vous ne tombiez pas pendant votre sommeil !

Arthur   En m'attachant les chevilles ?

Baptiste   Je ne voulais pas vous réveiller, alors j'ai fait avec ce qui était accessible. L'important c'est que si vous tombez, hop ! je vous retiens ! Plus de problèmes, pas de souci à se faire, plus de risques d'accidents !

Arthur   M'enfin, c'est pas vrai… ! Mais laissez-moi ! Laissez-moi tomber si je veux tomber ! C'est quoi ça, cette histoire, qui êtes-vous pour m'empêcher de faire ce que je veux ?

Baptiste   Mais c'était pour vous empêcher de tomber pendant votre sommeil ! C'est haut, là, quand même, l'air de rien, c'était pour vous sécuriser…

Arthur   Mais je ne veux pas être sécurisé ! Je n'en veux pas de votre sécurité, c'est bon ça, c'est entendu ? C'est insupportable !

Baptiste   Oh, oh, du calme, hein ! Moi, je ne vous parle pas mal, je ne vous fais pas de mal, je ne vous veux pas de mal.

Arthur   Mais qu'est-ce que vous me voulez alors ?

Baptiste   Je vous veux du bien !

Arthur   Mais je n'en veux pas de votre bien ! Depuis tout à l'heure, vous me poursuivez de votre bien ! On ne se connaît pas, je ne vous ai rien demandé, et personne même ne vous a rien demandé !

Baptiste   Je…

Arthur   Oh ! Et puis ces quoi ces nœuds ! Indémerdables… Serrés comme… Vous les avez serrés avec quoi, dites donc ? Ahh… c'est pas vrai ! Et voilà ! Et voilà, j'aurais dû vous balancer par-dessus bord depuis bien longtemps ! Voilà une idée, je n'y avais pas pensé, mais après tout, qu'est-ce que ça me coûte ? Hein ? Qu'est-ce que je risque ? Ici !

Baptiste   Attendez, je…

Arthur   Parce que depuis tout à l'heure, vous m'étouffez, vous m'engluez dans un flot continu de paroles, vous tissez discrètement, soigneusement votre toile, pleine de mots, de bons sentiments, de sourires…

Ah ! Vous me parlez, vous me dites n'importe quoi, j'aurais dû m'en douter, c'était pour gagner du temps, pour gagner de l'espace ! De l'espace vital ! Pour vous approcher, et crac ! Pour mieux me saisir ! Un moment d'inadvertance, un moment de somnolence et là, vous vous jetez sur votre proie, et vous la saucissonnez, vous l'enroulez comme un rouleau de printemps, vous...

Baptiste   Non mais ça ne va pas ? Vous êtes complètement parano, là ! Tranquille, comme vous dites…

Arthur   Tranquille ! Tranquille ! Il n'y a rien de tranquille ! Rien, tu m'entends ? Rien ! On est là-haut, perchés trente mètres au-dessus d'un champ de merde, je suis avec un psychopathe, un ami qui vous veut du bien, il m'a ligoté et attaché les pieds, et il me dit « tranquille, tranquille, tout va bien...» Non, mais ça ne va pas, non ?

Baptiste   Mais du calme, du calme !

Arthur   Il n'y a pas de calme ici, tu entends ? Je vais te balancer par-dessus bord ! Viens là que je t'attrape !

Arthur s'approche de Baptiste, menaçant.

Baptiste   Non !

Arthur   Si !

Baptiste   Non !

Arthur   Si, viens là !

Arthur attrape Baptiste par le col, Baptiste se défend.

Baptiste   Non, non, attendez ! Mais attendez !

Arthur   Ah ! La ferme ! Et ne me touche pas !

Baptiste   Mais c'est vous qui...

Arthur   Suffit !

Baptiste   OK, OK, du calme ! Ça vous regarde après tout ! Lâchez-moi, je vais descendre ! Oh ! Vous m'entendez ? Je descends, je vous laisse !

Arthur   Ah, très bien ! Il vaut mieux pour vous ! Allez, allez, cassez-vous !

Arthur relâche Baptiste, puis s'aperçoit, quand Baptiste s'en va, qu'il a toujours les chevilles attachées.

Arthur   Oh ! Oh ! Attendez, les nœuds, la corde, la corde, attendez !

Baptiste s'engageait dans la descente. Il se retourne et lance les anneaux de cordes, en tas, sur Arthur.

Baptiste   Tenez !

Arthur, déséquilibré, tombe.

Arthur   Non !

Acte I, Scène 7

Arthur et Baptiste sont suspendus dans le vide, un petit peu espacés l'un de l'autre, chacun à un bout de la corde. Arthur est pendu par les pieds. Baptiste, bien que sanglé dans son baudrier, est, lui aussi tête en bas, car il est attiré par le poids du sac qu'il tient à bout de bras.

Arthur Ahh ! Ahh ! Mais qu'est-ce qu'il s'est passé ?

Silence.

Arthur Oh ! mon dieu, mais qu'est-ce qu'il s'est... Hé ! Ho ! Ça va, vous ? Oh ! Tout va bien ?

Silence.

Arthur Vous m'entendez ?

Baptiste Oui... oui, ça va... ça va... ça balance...

Arthur Mais qu'est-ce qu'il s'est passé ?

Baptiste Ça balance, ça balance...

Arthur Oh ! Mais qu'est-ce qu'il s'est passé ? Je n'ai rien compris, là !

Baptiste   Rien, rien…

Arthur   Mais si ! Vous m'avez lancé un paquet de cordes à la figure ! Ça ne va pas, non ? Qu'est-ce qui vous a pris ?

Baptiste   J'ai voulu vous aider.

Arthur   Vous avez voulu me tuer, oui !

Baptiste   Non, non, vous aider ! Après, ça s'est passé… comme ça s'est passé… Bizarrement, hein ?

Arthur   Mais enfin, on ne lance pas un paquet de cordes à la figure des gens, voyons !

Silence.

Arthur   Mais vous ? Vous, comment ça se fait que vous soyez tombé ?

Baptiste   Ça balance… ça balance…

Arthur   Attendez, ôtez-moi d'un doute. Ne me dites pas que vous m'avez lancé la corde alors que vous étiez toujours attaché à l'autre bout ?

Baptiste   Ça doit être ça.

Arthur   Mais…?

Baptiste   Mais j'avais oublié ! Je tenais les anneaux à l'épaule, je n'ai pas pensé que je ne m'étais pas décroché.

Ça allait trop vite tout ça, vous m'avez stressé à me hurler dessus !

Arthur   Oh mon dieu !

Silence.

Arthur   Et là, donc, nous sommes attachés à la même corde, c'est cela ?

Baptiste   Oui, c'est ça…

Arthur   Et donc si, par exemple, soyons fous, imaginons, j'arrivais à me contorsionner, à me redresser, si j'arrivais à grimper à ma corde, là, en fait je ne grimperais pas, et je ne ferais que vous faire monter, vous, c'est ça ? Et puis pour un peu, je vous fais tellement monter que vous basculez, et nous tombons tous les deux ?

Baptiste   C'est probable.

Arthur   Oh mon dieu, c'est pas vrai… Mais quel crétin ! Et là, nous sommes attachés comme deux cloches au clocher ! Ding dong ! Deux cerises fixées à leur queue. Non, mieux, deux couillons, c'est ça, deux couillons attachés l'un à l'autre !

Baptiste   C'est probable, mais c'est pas certain.

Arthur   Quoi donc ?

Baptiste   Ça n'est pas certain, votre truc que si vous essayez de grimper, la corde bouge. Parce que, pour un peu, elle s'est coincée dans les barreaux là-haut !

Arthur   Ah, et pourquoi ça ?

Baptiste   Parce que c'était un peu emmêlé quand même, je n'étais pas arrivé à faire de beaux anneaux.

Arthur   Ah ! Parfait ! Et donc on essaye ! Et puis là, on a une chance sur deux. Ça passe ou ça casse.

Baptiste   Ça tangue...

Arthur   Mais enfin... Mais pourquoi on vous donne des cordes à l'embauche ici ? C'est absurde... Jamais vu ça ! On vous apprend un peu à vous en servir ? Mon dieu, les nœuds !

Baptiste   Quoi les nœuds ?

Arthur   Les nœuds, vous savez les faire, les nœuds ?

Baptiste   Ben, je ne sais pas, moi, je me débrouille...

Arthur   Vous m'avez fait quoi comme nœud, à moi ?

Baptiste   Je ne sais pas...

Arthur   Le nom, le nom, vous m'avez fait un nœud que l'on apprend, un nœud qui tient ? Ou que vous avez inventé ?

Baptiste   *(bredouillant)* …té

Arthur   Pardon ?

Baptiste   J'ai inventé…

Arthur   Oï oï... Mais ça va tenir, votre truc ?

Baptiste   Je l'espère.

Arthur   Bon, super ! Vous savez que si votre nœud, il ne tient pas, si je tombe, vous aussi, vous tombez ?

Baptiste   C'est probable.

Arthur   Tsss...

Baptiste   Mais pas certain.

Arthur   Bon, mais qu'est-ce que l'on fait, alors ?

Baptiste   Ben rien.

Arthur   Comment ça rien ?

Baptiste   Rien. Il n'y a rien à faire. Qu'est-ce que vous voulez faire ? On est foutus. Il n'y a rien à faire.

Arthur   Mais non, voyons, on n'est pas foutus ! Il y a la grue, là, juste à portée de main. On est en danger, c'est tout, mais on n'est pas foutus !

Baptiste   Boahhh ! La grue... la corde, le sol...

Arthur   Et qu'est-ce que vous faites, à tenir votre sac comme ça, voyons, lâchez-le !

Baptiste   Non.

Arthur   Mais si, lâchez-le !

Baptiste   Non.

Arthur   Mais si ! Si vous le lâchez, vous allez rebasculer et vous aurez la tête en haut. Vous serez assis dans votre baudrier, c'est quand même plus confortable, non ? Plutôt que d'avoir la tête en bas !

Baptiste   Non.

Arthur   Mais enfin, vous y tenez tant que ça, à votre sac ? Qu'est-ce qu'il contient de si précieux ?

Baptiste   Rien.

Arthur   Mais alors lâchez-le, bon sang !

Baptiste   Non.

Arthur   Vous risquez de glisser dans votre baudrier ! Vous l'avez bien fixé au moins ?

Baptiste   Je ne sais pas, je ne sais plus. On n'est plus sûr de rien, là.

Arthur   Oui, ça ! Allez, aidez-moi, on va se pousser, on va se balancer, et on s'agrippera à la tour dès qu'on le pourra.

Baptiste Si on fait ça, ça va se décrocher là-haut…

Arthur Ah… Vraiment ? Vous êtes sûr ?

Baptiste Non, mais c'est probable.

Arthur Mais vous connaissez, vous, la longueur de la corde ! On est corde tendue là, ou il y a un paquet coincé là-haut ?

Baptiste Je ne sais pas.

Arthur Mais vous ne savez rien !

Baptiste Si, mais pas ça.

Arthur Oh, allez, moi, j'essaie !

Baptiste Si vous voulez, essayez, on verra bien si l'on tombe tous les deux… Mais moi, je ne bouge pas.

Arthur Mais comment ça, vous ne bougez pas, on attend quoi, là, alors ?

Baptiste Rien…

Silence.

Arthur Allez, courage, mon garçon, on y va, il ne faut pas avoir peur !

Baptiste Je n'ai pas peur.

Arthur   Mais alors, il ne faut pas se résigner comme ça, on va s'en sortir !

Baptiste   Chut !

Arthur   Quoi ?

Baptiste   Écoutez !

Arthur   Quoi ?

Baptiste   Ce silence !

Arthur   Et alors ? C'est du silence.

Baptiste   Oui, c'est du silence, c'est beau le silence, non ? Le silence de la nuit...

Arthur   C'est pas vrai !

Baptiste   Chut ! Vous entendez, là... ce silence ! C'est beau... Oh là là ! ça me touche beaucoup moi, vous sentez, comment dire, euh... l'humidité de ce silence... C'est pas n'importe quel silence tout de même, c'est un silence humide, il n'est pas sec, il est doux, ce silence, il est comme un peu amorti !

Arthur   C'est pas vrai... C'est pas vrai qu'il me fait l'éloge du silence maintenant ! Quatre heures qu'il me harcèle, qu'il m'étouffe de paroles, et voilà qu'il fait l'éloge du silence... Tout en parlant, ceci dit, bravo ! La totale ! L'apothéose ! Et voilà, le silence humide et amorti ! *(en criant)* Amorti ! Il est amorti, le silence ! Ohoh ! Vous entendez, là-bas ? On nage en plein silence, mais pas n'importe quel silence, un silence amorti, ohoh !

Baptiste   Chut !

Arthur   C'est grotesque !

Baptiste   Chut, écoutez !

Arthur   Mais écouter, écouter quoi ? C'est du silence, c'est tout ! Alors, je comprends que ça puisse vous faire quelque chose, c'est étonnant pour vous, vous découvrez la possibilité du silence, c'est très bien, mais moi, je connaissais déjà, alors maintenant, vous allez sortir de la contemplation, et vous allez m'aider ! Allez, on y va !

Baptiste   Non, chut !

Arthur   Mais voyons, c'est du silence, c'est tout ! C'est le silence de la nuit ! Toutes les nuits, si vous faites un effort, vous pourrez le retrouver ce silence ! Avec le chocolat chaud même. Allez, venez, aidez-moi, on y va !

Silence.

Arthur   Mais enfin qu'est-ce qu'il y a là ? C'est du silence, je vous dis, exactement le même silence qu'avant, que tout à l'heure, sauf qu'il a la tête en bas votre silence, c'est tout ! Ça change quelque chose ?

Baptiste   Tout ! Ça change tout !

Arthur   Mais non, voyons, allons, aidez-moi, on va s'en tirer.

Baptiste   Écoutez ! Regardez ! C'est beau le monde, la tête en bas !

Arthur   Oui, vous avez vu, c'est magnifique, on voit très bien la cuve à merde... Avec de la chance, s'il y a un peu de vent, on pourra peut-être tomber dedans.

Baptiste   Non, regardez comme on voit les choses différemment.

Arthur   Mais battez-vous, bon dieu !

Baptiste   A quoi bon... C'est peine perdue de lutter contre le courant. Prenez, savourez, c'est quand même pas mal, ce qu'elle nous apporte la vie parfois... C'est plein de surprises.

Arthur   Ça !

Baptiste   Regardez, moi, ce matin, je ne pensais pas du tout qu'il m'arriverait tout ça aujourd'hui... Et encore, vous ne savez pas tout... Enfin bon, mais voilà, je vous ai rencontré !

Arthur   Rencontré ?

Baptiste   Oui, et on se retrouve dans cette position, mais finalement, c'est pas mal, ça nous fait découvrir des choses.

Arthur   N'importe quoi...

Baptiste   Ça me rappelle un bouquin, que j'avais lu, adolescent... Un cadeau de mon beau-frère... C'était plein de petites expériences philosophiques à faire soi-même ! Pisser et boire en même temps, ça nous rappelait qu'après tout, on n'était qu'un tube...

Arthur   Super !

Baptiste   Mais il y avait aussi, un truc sympa à faire, vous devriez essayer, vous vous mettez dans un champ, allongé sur le dos, et vous observez le ciel. Et au fur et à mesure, vous essayez d'oublier la gravité, et vous inversez la perspective, et là, hop ! Vous vous retrouvez à survoler le ciel et les étoiles. Si vous y croyez, vous pouvez vraiment ressentir que vous planez au-dessus...

Arthur   J'y penserai... Mais pour l'instant, la gravité, voyez, j'ai un peu de mal à l'oublier. Disons qu'elle se rappelle à moi. Et elle me fait flipper, la gravité ! Et si j'ai un conseil à vous donner, c'est que ça n'est pas maintenant qu'il faut jouer à vos petites expériences de philosophie. Allez, on arrête de planer, et on y va !

La corde glisse subitement de quelques centimètres.

Baptiste   Oh !

Arthur   Oh !

Baptiste   Qu'est-ce qu'il s'est passé ?

Arthur Un soubresaut... La corde qui a un peu glissé... Alors, je vous le dis, il faut prendre ça comme un coup de semonce, allez, on y va !

Baptiste Non.

Arthur Et lâchez ce sac, maintenant, vous m'entendez, vous allez lâcher ce sac ! Parce que si vous ne le lâchez pas, vous allez glisser et si vous glissez, moi, je tombe !

Baptiste Et vous ne voulez pas tomber ?

Arthur Non.

Baptiste Mais tout à l'heure, vous vouliez sauter, je vous le rappelle.

Arthur Ah mais c'est pas vrai ! Vous n'allez pas me lâcher avec ça ? Non, je ne voulais pas « sauter » *(en insistant sur le mot)*, et je ne veux pas plus « tomber ». Et surtout pas à cause de vous ! Attaché à quelqu'un qui se cramponne à son sac ! C'est absurde !

Baptiste Oui.

Arthur Je ne veux pas de ça.

Baptiste Vous avez raison.

Arthur Désolant... Bon, mais battez-vous bon dieu ! Indignez-vous ! Vous ne pouvez pas subir ainsi !

Baptiste Ça ne servira à rien.

Arthur Mais vous ne pouvez pas abandonner si facilement ! Vous êtes dans une position intenable, et au lieu de vous indigner, de vous battre, vous vous résignez ! Battez-vous, allez, ça va demander quelques efforts, mais ça vaut le coup, on remonte !

Baptiste Alors, vous, vous êtes gonflé ! Vous allez faire tous ces efforts pour remonter là-haut, et une fois là-haut, vous sauterez ! Plouf ! Si ça n'est pas absurde, ça !

Arthur Ah non, je vous arrête. Parce que, pour le coup, faire ça, ça aurait une certaine classe, je trouve !

Silence.

Baptiste lâche son sac, et automatiquement, il se retrouve tête en haut et pieds en bas, assis dans son baudrier.

Arthur Ah ! Voilà, enfin, vous avez lâché le sac ! Vous voyez, vous êtes mieux là, comme ça, la tête à l'endroit, assis dans le baudrier...

Baptiste Ça commençait à tirer... Et puis c'est bon la contemplation, comme vous dites, vous voyez, ça commençait à me lasser.

Arthur Vous vous lassez vite.

Baptiste C'est vrai. J'aime bien, puis après je me lasse.

Arthur L'insouciance à l'état pur... Un petit bouchon... Vous vous balancez là, comme un petit bouchon sur l'océan...

Baptiste Vous n'êtes guère mieux !

Arthur Moi ? Ah non, moi, c'est autre chose ! Allez, justement, venez, on remonte !

Baptiste Non, je reste.

Arthur OK, comme vous voulez. Mais assez parlé pour moi... Je file ! Je vais juste avoir besoin de votre corde.

Baptiste Ma corde ? Après tout... Faites ! Si c'est ça... Faites de moi ce que vous voulez, coupez la corde, récupérez-la.

Arthur Mais non, idiot, il ne s'agit pas de cela. Je vais grimper le long de votre corde, c'est tout. Au pire, ça vous fait descendre un peu, au fur et à mesure que je monte.

Baptiste Bien. Ben... à plus tard, hein. De toute façon, je vous verrai passer tout à l'heure, c'est ça ?

Acte I, Scène 8

Arthur a rejoint la grue. Baptiste est toujours suspendu, assis dans son baudrier.

Arthur   Je ne sais pas quoi vous dire...

Baptiste   Hein ?

Arthur   Je ne sais pas quoi vous dire...

Baptiste   Eh bien, ne dites rien !

Silence.

Baptiste   Et pourquoi vous me dites que vous ne savez pas quoi me dire ?

Arthur   Parce que je n'ai aucune envie de vous influencer. Vraiment. Si vous voulez rester là, je vous laisse là. Si vous voulez remonter, je peux vous aider à remonter. Mais vous faites comme vous voulez.

Silence.

Baptiste   Vous en pensez quoi, vous ? Qu'est-ce que vous feriez à ma place ?

Arthur   Je n'en sais rien. Vous savez, je crois qu'on ne fonctionne vraiment pas pareil.

Baptiste   Faites un effort, imaginez !

Arthur   Je n'en sais rien ! Tout à l'heure, vous étiez un fou furieux de la vie, vous vouliez absolument me sauver la vie, même si je ne vous avais rien demandé, même si ça n'était pas le sujet. La vie à tout prix, même une vie moche, une vie sans intérêt, sans relief, peu vous importait, vous ne vous posiez même pas la question. Il fallait vivre, parce que. Point. Par automatisme et sans raison. Et depuis, au contraire, vous n'en avez plus rien à faire, vivre ou mourir, pour vous c'est égal. Place au fatalisme, le destin tout aussi automatique et sans raison. Égal. Alors, vraiment, je ne sais pas.

Baptiste   Vous ne m'aidez pas !

Arthur   Mais enfin ! Je ne vais pas réfléchir pour vous, mon vieux ! Allez, c'est à vous de choisir. Mais c'est maintenant ! Il y a parfois des moments décisifs dans la vie, c'en est un...

Silence.

Arthur   Parce que la corde peut lâcher d'un moment à l'autre, je vous le rappelle, il ne s'agit pas seulement de regarder le paysage tranquillement assis dans son youpala... Faut agir, là. Ou ne pas agir, mais choisir en tout cas.

La corde glisse de nouveau.

Baptiste   Ohhhh !

Arthur   Oh ! Vous voyez, comme par un fait exprès ! Pile à ce moment-là, la corde qui cède un peu !

Baptiste   C'est vous...

Arthur   Ah non, non, non, ce n'est pas moi, je vous assure... Je n'ai touché à rien. Alors, je vous dis la situation précise : je n'ai pas pu défaire mes nœuds, donc je me suis vaché par précaution. Mais, de votre côté, la corde, elle est prise dans les barreaux, je ne sais pas comment elle tient. Il y a de la longueur, en tout cas, ça, je peux vous le dire. Maintenant, si ça glisse, est-ce que ça va jusqu'au sol ? Je n'en sais rien.

Baptiste   Oui, bon... Mais répondez-moi. Qu'est-ce que vous voulez que je fasse ? J'ai vraiment besoin de votre avis, sinon je ne sais pas quoi faire !

Arthur   Mais enfin, ce n'est pas croyable ça... Vous ne pouvez pas juste suivre l'avis des autres ! Et surtout pas dans un moment pareil !

Baptiste   Ce n'est pas ça que j'ai dit. J'ai dit que j'avais besoin de votre avis, je n'ai pas dit que je le suivrai.

Arthur   Mais alors, en quoi mon avis vous importe-t-il ?

Baptiste   Comme ça, pour rebondir dessus. On verra bien où ça me mènera.

Arthur   Vous êtes cinglé. Moi, je ne joue pas, ça ne m'intéresse pas. Débrouillez-vous !

Silence.

Arthur   J'aurais bien pris une cigarette. Vous en avez encore ?

Baptiste   Dans le sac, en bas.

Arthur   Dommage. Et vous, alors, vous en êtes où ? Toujours pas de mouvement de révolte ?

Baptiste   Non. Je ne sais toujours pas quoi faire. Pire ! j'aimerais hésiter, mais c'est le blanc. Je n'arrive même pas à réfléchir.

Arthur   Bon, il faudrait quand même trouver une issue, vous savez !

Silence.

Arthur   Vous connaissez la phrase de Sénèque ? « Il n'y a pas de vent porteur pour celui qui ne sait où il va. »

Silence.

Arthur   Si ça peut aider...

Silence.

Baptiste   C'est vrai, il a dit ça ?

Arthur   Oui.

Baptiste   C'est ce qu'il pense ?

Arthur   C'est ce qu'il a dit.

Baptiste   C'est pas mal. Ça mérite réflexion.

Silence.

Baptiste   Vous m'aidez ?

Arthur   À vous hisser ?

Baptiste   Oui ! Mais vite, s'il vous plaît, dépêchez-vous !

Acte II, Scène 1

Arthur et Baptiste sont maintenant de nouveau installés sur la flèche de la grue.

Arthur   Vous avez vu, le soleil va bientôt se lever !

Baptiste   C'est beau, là-bas.

Arthur   C'est vrai, c'est beau. Qu'est-ce que c'est là, qu'est-ce qu'il y a derrière la colline ?

Baptiste   On dirait un lac... Oui, je pense que c'est un lac. Mais on ne voit pas très bien.

Arthur   Mais vous devez le connaître, ça ne passe pas inaperçu, un lac comme ça !

Baptiste   Oui.

Silence.

Arthur   Là, ce sont des marais, visiblement.

Baptiste   Les marais, le bocage...

Arthur   Oh, et regardez là, ouah, c'est quoi, c'est magnifique, ce pont ! Qu'est-ce qu'il enjambe comme ça, ça doit être large... Il n'y a pas d'estuaire dans le coin, si ?

Baptiste   Je... je ne sais pas.

Arthur   Mais enfin, voyons, vous savez, bien sûr que vous savez !

Baptiste   Oui... non... je ne sais pas.

Arthur   Waouh ! En tout cas, c'est magnifique avec cette lumière... toute fraîche... Le monde appartient à ceux qui se lèvent tôt, comme on dit. Ça vaut le coup de se lever tôt quand même, non ?

Baptiste   Oui, mais c'est dur. J'ai toujours un peu la flemme moi.

Arthur   Oui, c'est vrai, moi aussi.

Baptiste   Mais après, on ne le regrette pas, hein !

Arthur   Non, c'est vrai, après on ne le regrette pas ! Rarement en tout cas...

Baptiste   Ah, on est bien là !

Arthur   Oui, on est bien... Vraiment beau, ce pont... C'est là que j'aurais dû aller.

Silence.

Arthur (*dans un élan soudain*) Allez, il est temps, faut y aller maintenant.

Baptiste Là-bas ?

Arthur Ah non, moi, je suis ici, j'y reste, tant pis ! Mais c'est pour vous qu'il est temps d'y aller. Vous pouvez me laisser, maintenant ?

Baptiste Mais c'est encore là, ça ? Ça vous prend encore ?

Arthur Je suis venu pour ça, tout de même !

Baptiste Et ça ne vous a pas quitté ?

Arthur Non, bien sûr que non, je ne change pas d'avis tout le temps, moi. Je ne change pas d'avis en fonction de l'autre.

Baptiste Malgré tout ça !

Arthur Tout ça quoi ?

Baptiste Ben tout ça ! Tout ce qui s'est passé, nous !

Arthur Nous ?

Baptiste Oui, nous !

Arthur Vous rigolez, là ? Rassurez-moi, vous me faites marcher ?

Baptiste Non, nous ! Qu'est-ce que j'ai dit ?

Arthur C'est pas vrai ! Alors, vous ! Vous vous en racontez des histoires, hein ! Et puis vous y tenez, vous vous y cramponnez ! Alors donc, il y avait cette fable du désespéré que vous alliez sauver, grâce à votre bonté et votre clairvoyance, oui, surtout votre clairvoyance ! Et puis maintenant, histoire dans l'histoire, figurez-vous qu'ils deviennent amis, ces deux-là ! C'était une belle rencontre, en fait ! Tout est bien qui finit bien. À la fin, ils vont partager un chocolat chaud, c'est sûr !

Baptiste N'empêche, vous n'avez toujours pas sauté !

Arthur Mais ce n'est pas vrai ! Combien de fois …

Baptiste Vous n'avez toujours pas sauté ! Des mots, des beaux mots ça, vous en produisez à la pelle, hein, mais des actes, pff... Rien ! Nada ! Le soleil est en train de se lever, tout le monde se lève, les gens se préparent à aller bosser, et vous, vous n'avez toujours pas sauté ! Vous avez peur, hein ?

Arthur Non !

Baptiste Alors, si ce n'est pas la peur, c'est l'instinct de survie qui est en vous ! Vous vous y accrochez à la vie, hein, ça vous dépasse, c'est automatique et sans raison, c'est bête... !

Arthur Non !

Baptiste Vous êtes découvert ! Animal !

Arthur Non ! Ta gueule toi ! Ta gueule, tu entends, tu la fermes maintenant. Parce que tu es là depuis tout à l'heure et que tu me parles, alors que moi, je voulais être seul, peinard. Putain, si on ne peut plus être peinard, même un seul instant, un instant, un rien ! Et voilà, voilà que tout recommence ! C'est sans fin, eh bien non, moi, je ne veux pas que ça recommence, je ne veux pas que ça se répète, je ne veux pas de l'attraction entre les corps, je ne veux pas de la tension superficielle, je ne veux pas de vous, je ne veux pas de tout ça !

Baptiste OK, OK...

Arthur Je veux de l'instant, de l'instant et personne dedans. Il y a un avant, un après, dans l'avant et dans l'après, vous mettez tout le monde que vous voulez, OK, pas de souci, mais là, dans cet instant, un instant, sur cette pointe de l'épingle, eh bé ça, ce point-là dans l'espace et dans le temps, eh bien vous le laissez vide ! Dégagez ! Dégagez ! Foutez-moi la paix, tous ! Dégagez ! Dégagez ! Juste un instant de liberté, de solitude ! Sans que personne n'ait rien à y redire.

Baptiste *(tendant l'oreille)* Chut ! Vous avez entendu ?

Arthur C'est ça que je veux, moi, un instant seul, un instant d'éternité. Un instant où il n'y a plus rien, ni avant, ni après, ni à côté, rien, du vide, du vide ! Et vous, vous êtes là, vous vouliez me voir sauter, eh bien je vais sauter ! Vous avez raison, après tout. Voilà, j'y vais, je saute !

Baptiste Attendez ! Vous avez entendu ?

Arthur   Non, je n'ai rien entendu du tout ! Et si toi tu as entendu quelque chose, je m'en fous de ce que tu as entendu. Je suis seul, je veux être seul. Je suis là, je suis moi, pleinement moi, je saute !

Baptiste   Non, stop !

Arthur   En plus, ça y est, il fait jour, il fait beau, c'est beau, ce pont là-bas, cette vallée avec ce cours d'eau, le bocage au loin, on voit même des marais, formidable, allez, j'y vais !

Baptiste   Stop, je vous dis, on est attachés !

Arthur   Oh mais arrêtez avec ça ! Ce n'est pas vrai, on ne se connaît pas, on s'en fout l'un de l'autre, on n'a rien à faire ensemble, on n'a rien de commun, on s'est croisés, c'est tout, maintenant tu m'oublies, allez ciao !

Baptiste   Mais non, pas ciao ! On est attachés, attachés, là, par cette corde !

Arthur   Oh, c'est pas vrai ! Encore ? Eh bien, rien à foutre ! Tiens, le suicide, ça a l'air de t'intéresser ? Et même de t'obséder ? Alors, tu vas venir, viens, je t'emmène !

Baptiste   Non, attendez ! Vous ne pouvez pas faire ça ! Non, je vous en prie !

Arthur   Ça va, ça va, oh ! Tu ne vas pas m'en faire toute une histoire ! Je te rappelle qu'il y a quelques minutes encore, tu étais là, suspendu à la corde et que ça t'allait très bien, finalement ! Toi, le héraut de la vie du bas, du bien, du bon sentiment, de l'habitude, de la survie, ta docilité t'amenait à la mort, et tu n'y trouvais rien à redire. Rien à foutre ! Je saute !

Baptiste *(l'interrompant, avec autorité)* Attendez !

On entend au loin la voix d'un troisième personnage, Roman. On ne le voit pas encore, puisqu'il les interpelle, comme Baptiste tout à l'heure, du bâtiment à proximité de la grue.

Roman Oh oh ! Y a quelqu'un ?

Arthur C'est quoi ça ?

Baptiste Je ne sais pas.

Roman Oh oh ! Y a quelqu'un ? Ah ah ! Je tiens ma crapule !

Arthur C'est qui lui ?

Baptiste Je ne sais pas.

Roman Comme on se retrouve ! Je t'ai cherché partout, je te retrouve là, tapi au fond de ton terrier. Tu n'as rien trouvé de mieux que ça, qu'une grue en rase campagne ? Pitoyable. Minable. Ah ! Tu fais moins le beau là, hein !

Arthur C'est qui lui ?

Baptiste Je ne sais pas.

Arthur Mais à qui il parle ?

Baptiste   Je ne sais pas !

Roman   Bon alors, qu'est-ce qu'on fait, mon frère ? Tu descends, je te frappe, je te mets la tête dans le bassin de décantation, pour te rafraîchir un peu ? C'est le matin, faut se lever, là !

Arthur   Bon... *(s'adressant à Roman)* Bon, mais excusez-moi, il y a méprise je crois, vous cherchez quelqu'un ?

Roman   Ouais, ton ami, mon frère !

Arthur   Votre frère ?

Roman   Non, ton ami !

Arthur   Ouff, mais il n'est pas là.

Roman   Là, à côté de toi.

Arthur   Ce n'est pas mon ami !

Roman   Tant mieux pour toi, c'est la pire des canailles. Mais vérifie si tu as tout dans tes poches, on ne sait jamais.

Arthur   Mais qu'est-ce qu'il raconte ? Vous le connaissez ?

Baptiste   Non !

Arthur   Mais lui, il vous connaît, il a l'air...

Baptiste   Je ne le connais pas !

Arthur   *(à Roman)* Il ne vous connaît pas !

Roman   Ç'est vrai ça ! Il n'aurait jamais fait ce qu'il a fait, s'il avait su qui j'étais...

Arthur   Ah ! Pourquoi ? Vous êtes qui ?

Roman   T'occupes ! Je suis moi et on ne me fait pas ça, à moi, point. Faut pas m'emmerder et ton ami là, eh bien, il est venu me chercher des noises.

Arthur   Ça n'est pas mon ami !

Roman   Ton frère !

Arthur   Ça n'est pas mon frère !

Roman   L'autre, là, le bouffon qui se terre ! Oh, t'as perdu ta langue ? Et ta valise, t'es monté avec ? Ta cravate hein, t'en as fait quoi ?

Baptiste   *(à Arthur)* Je vous le dis, il me prend pour quelqu'un d'autre.

Arthur   Eh bien, dites-lui, voyons, dites quelque chose !

Baptiste   *(maquillant sa voix et s'adressant à Roman)* Vous vous trompez, Monsieur ! Laissez-nous tranquilles !

Roman   Oh mais c'est qu'il est drôle, à faire cette grosse voix ! Tu sais faire cette voix-là aussi ? Viens, vas-y, fais euh, fais une voix de fillette ! Tu sais faire une voix de fillette ? *(surjouant)* Une toute petite voix, comme ça ? Ou une voix de racaille, zy-va, montre-moi... ! De... ah ben tiens, une voix de banquier, c'est bien ça, prends une voix de banquier, comme tout à l'heure ! Hein, ça, je sais que tu sais faire ! Viens, allez, vas-y ! Salopard ! Vas-y ! Descends, viens m'expliquer un peu, c'est quoi le truc, c'est quoi l'arnaque ? T'as fait quoi après que je t'aie déposé ? Hein ? T'as fait quoi ? C'était quoi le but du jeu ? C'était pas juste pour m'emmerder quand même ? Tu l'as tué, c'est ça, tu l'as tué le banquier ? T'as fait un casse ? Ta valise, il y avait quoi dedans ? Hein ? Il y avait quoi ? Des lingots, des billets ?

Baptiste   Des mouchoirs !

Roman   Quoi ?

Baptiste   Des mouchoirs ! Des mouchoirs, des torchons, un sac et une corde !

Roman   Et il se fout de ma gueule en plus ! C'est pas vrai, ça ! OK, viens, descends, viens me parler de tes mouchoirs, tu vas voir ! Non, attends plutôt, c'est moi qui vais monter !

Arthur   Oh putain, il me fout les boules, là, votre copain, il a l'air sacrément énervé !

Baptiste   Ça n'est pas mon copain, mais ouais, c'est inquiétant...

Roman J'arrive !

Arthur & Baptiste *(dans un même cri)* Non !

Acte II, Scène 2

Roman est maintenant visible, mais il s'est arrêté à un niveau légèrement inférieur à la flèche, là où il y a la cabine.

Roman Alors mes frères, qu'est-ce que vous faites là-haut ? Dites-moi, ça m'intrigue. Vous êtes montés pour admirer le lever du soleil ? C'est très touchant, ça, bravo ! Vous vous tenez la main, tous les deux ? C'est mignon ! Ça roucoule ? Ça s'embrasse ? Ça se bécote ? Ça se raconte sa vie ? Ça se trouve des points communs ? C'est chou, ça, mes canards.

Silence.

Roman Vous vous comprenez à demi-mot, c'est ça ? Même pas besoin de vous parler, vous savez tout de suite ce que pense l'autre... Vous avez l'impression d'être seuls au monde, hein ? C'est embêtant ça, parce que je suis là...

Arthur Mais qu'est-ce qu'il nous veut à la fin ? *(à Roman)* Qu'est-ce que vous nous voulez ?

Roman Rien. Discuter un peu. On n'est pas bien là ? Entre hommes. Entre frères. On se repose. On se parle, on rigole, on regarde le paysage. On se découvre. On apprend à se connaître. Et c'est ça qui est bien, c'est que ça peut durer longtemps. C'est sans fin, même, d'essayer de se connaître. Parce que, quand on croit qu'on se connaît, il y a toujours un truc qui arrive à un moment ou à un autre, et là, il y a tout qui s'effondre. Les masques tombent, et plus rien n'est pareil, moi, je vous le dis. On ne sait jamais à qui on a affaire. Vous le savez, ça ?

Baptiste Ça, c'est vrai ! C'est ce que m'a dit ma femme.

Roman Ah bien ! Parle-nous de ta femme, c'est intéressant, ça !

Baptiste Non !

Roman Ah, mais si !

Baptiste Mais non !

Roman Si, si !

Baptiste Mais non !

Arthur *(criant vers Roman)* Laissez-le, il ne veut pas !

Roman Oui, mais moi, je veux ! *(s'adressant à Baptiste)* Je t'ai cherché toute la journée, et là, maintenant que je t'ai retrouvé et avant de passer aux choses sérieuses, tu sais, mon gars, j'ai juste besoin de me reposer un peu en écoutant des âneries. Tes histoires de nénettes, ça aurait très bien fait l'affaire. Mais bon, c'est pas grave. *(s'adressant à Arthur)* Allez, toi, tu veux parler, alors vas-y, raconte-moi, qu'est-ce que tu fais là ? T'es qui ?

Arthur   Ah non !

Roman   Et pourquoi non ?

Arthur   Mais parce que ça ne vous regarde pas ! Je ne vous connais pas, je n'ai rien à vous dire.

Roman   Alors, justement, ma biche, ce que je te propose, c'est que l'on se connaisse un peu mieux, avant que je règle mon affaire. J'ai besoin de savoir ce que tu fais là. Alors, tu me le racontes, et rapido !

Arthur   Mais non, enfin ! On n'est pas au bistrot là, on n'est pas potes ! On ne va pas commencer à se raconter nos vies !

Roman   Ça, c'est vrai, tu l'as remarqué, on n'est pas au bistrot. Parce que grâce à vous, on est sur une grue au milieu de nulle part. Nulle part. Je ne sais pas si vous avez vu, mais en dessous de vous, c'est complètement dévasté. C'est pas beau à voir, et je serais vous, j'aimerais pas y faire mon nid, mes deux petites cailles.

Arthur   *(vers Baptiste)* Il est pénible à nous appeler comme ça.

Baptiste   Il faut l'amadouer.

Arthur   *(vers Roman)* On ne va pas y faire notre nid, et vous non plus. Alors, laissez-nous tranquilles, et repartez d'où vous venez !

Roman   Ça, n'y compte pas, je suis un vrai pitbull.

Baptiste   Il faut l'amadouer, je vous dis !

Arthur   Laissez-nous tranquilles ! Partez, rentrez chez vous ! Vous êtes venu comment ? À pied, en train, en voiture, je m'en fiche, mais partez !

Baptiste   *(discrètement, à Arthur)* En voiture, il est venu en voiture ! Il est taxi !

Arthur   Ah ! Mais comment vous le savez ? Vous le connaissez donc ! Il a raison, vous le connaissez !

Baptiste   Non.

Arthur   Si ! *(s'adressant à Roman)* Il vous connaît ! Oh ! Vous m'entendez ? Il vous connaît !

Roman   Bien, ça se débloque un peu. Par contre, toi, je n'ai pas l'honneur, alors vas-y mon frère, enchaîne, qu'est-ce que tu fais là ?

Arthur   Quoi, qu'est-ce que je fais là ?

Roman   Ben vas-y, raconte !

Arthur   Non, ça va, ça me gonfle, je ne suis pas là pour ça. Et on a assez discuté, là ! Maintenant que l'on sait que vous vous connaissez, que vous le cherchez et qu'il est là, ça tombe bien ! Il n'a pas envie de vous voir, mais bon, peu importe, alors vous venez le chercher, vous faites votre petite affaire, je ne sais pas de quoi il s'agit. Il vous rend votre argent, vous le tuez, je ne sais pas, moi, mais vous me laissez tranquille ! Je n'ai pas besoin de vous. J'étais là le premier. Je voulais être tranquille, peinard ! Maintenant, vous me laissez tranquille, peinard, vous me laissez ma grue, mon paysage, vous me laissez et vous disparaissez !

Roman   Oh, mais c'est qu'il est colère, le gaillard. Du calme, mon pote. On a tout le temps. Je te laisserai partir, je te le promets. Mais pas tout de suite. On a le temps. On s'explique d'abord. On se rencontre, on fait connaissance un peu. Alors, tu racontes ?

Arthur   Je n'ai rien à raconter. Et certainement pas à vous !

Roman   Il est fermé là. Bon, on va adopter une autre stratégie. Je vais m'installer dans la cabine, là, OK ? Et puis je vais m'amuser un peu, je vais vous faire tourner, on va voir si ça tourne vite, cet engin. Faudra vous accrocher, les gars, un accident est si vite arrivé !

Baptiste   On s'en fout ! Même pas peur ! De toute façon, on était en pleine autolyse !

Roman   Hein ?

Arthur   *(atterré)* Oh non, pff...

Baptiste   En pleine autolyse ! Au-to-lyse ! Vous ne savez pas ce que c'est, il va vous expliquer !

Arthur   Mais non...

Roman   Bien, les langues se délient. Alors, vas-y, raconte, c'est quoi votre autolyse ?

Arthur *(abattu)* Rien, ça n'a pas de sens... Une autolyse, c'est un suicide, paraît-il.

Roman Ah ! Un suicide ? Et qui voulait se suicider ?

Arthur & Baptiste *(dans un même élan)* Lui !

Baptiste Ah non, lui !

Arthur *(à Baptiste)* Mais non, vous, évidemment ! Vous vous êtes même déjà suicidé ! Vous vous suicidez en permanence ! Chez vous, tout n'est qu'abandon, toujours.

Baptiste N'importe quoi. Le passage à l'acte, c'est lui ! Lui, sous ses beaux mots, c'est la mort qui le guide. Et la mort l'a mené ici, à cette grue. Moi c'est la vie...

Arthur *(à Roman)*... qui l'embarrasse !

Roman Ils sont fous ! C'est bien, vous commencez à m'amuser les gars ! C'est parfait. Exactement ce qu'il me fallait pour me détendre. Exactement. Très bien. Allez, continuez ! *(à Arthur)* Alors toi, dis-moi, c'est quoi cette histoire de suicide, de grue, de passage à l'acte ?

Arthur Mais qu'est-ce que vous me voulez à moi ? C'est lui que vous cherchiez ! Pas moi !

Roman C'est pareil !

Arthur Non.

Roman   Si ! Toi, lui, c'est pareil, mon frère. Alors, on arrête de tergiverser, là, ça commence à me chauffer les oreilles. Donc maintenant, tu me réponds, tu me racontes, ou je vous fais tourner !

Arthur   Je veux parler à la police ! J'appelle la police ! *(à Baptiste)* Votre téléphone, vite ! On appelle la police !

Baptiste   Il est tombé tout à l'heure.

Arthur   Et merde, le mien ne marche pas…

Roman   J'en ai un, moi, si vous voulez.

Arthur   Ah ? Très bien, donnez !

Roman   Non. Ici, c'est moi qui suis aux commandes, je ne sais pas si tu as remarqué.

Arthur   Appelez, alors !

Roman   Oui, c'est une bonne idée d'appeler la police. Moi aussi, j'ai des choses à leur dire, rapport à la crapule que j'ai retrouvée. OK donc, je vais appeler. Mais tout à l'heure. D'abord, tu me racontes. C'est quoi qui t'a mené là ? À ton autolyse ?

Arthur   Vous appelez, après je vous raconte.

Roman   Ahh… Sûr ? Bon, pourquoi pas… OK, j'appelle… Attends… Voilà…

Roman compose le numéro.

Roman   Allô ? Oui, bonjour !

Arthur   Passez-les-moi !

Roman   Je vous appelle, je me présente, je suis le gardien du site de Fortvieille, il y a deux intrus sur le site, je vais avoir besoin d'aide...

Arthur   *(criant, pour se faire entendre de la police)* Non ! c'est pas vrai, c'est pas ça, l'histoire ! C'est un pervers ! Il nous retient en otage ! Au secours !

Roman   Oui, ben écoutez, oui, je veux bien. Non, ils ne semblent pas armés, mais... on ne sait jamais. C'est suffisamment inquiétant pour que je fasse appel à vous.

Arthur   Oui, venez, venez vite, venez ! Il est dangereux ! C'est lui, c'est celui qui vous parle qui est dangereux !

Roman   Ah ! Attendez, attendez, Monsieur l'agent, ils me disent quelque chose. Je vous reprends tout de suite. *(feignant d'écouter les intrus)* Ah. OK. OK. *(reprenant le téléphone)* Bon, allô ? Allô ? Oui, bon écoutez, merci, mais en fait, ce n'est peut-être pas la peine de venir, oui, ils s'en vont. Ils sont calmes, ils s'en vont.

Arthur   Non ! On ne s'en va pas ! On est pris en otages ! Au secours, au secours, venez ! C'est un pervers ! Au secours !

Roman   Oui, je vous rappelle si besoin, mais vraiment, je ne crois pas que ce sera nécessaire de venir.

Oui, c'est ça, vous avez raison, je pense aussi, juste le fait de vous avoir appelé, ça a eu son effet, disons. Oui, merci beaucoup ! Au revoir ! *(rangeant son téléphone, et se tournant vers Arthur et Baptiste)* Et voilà !

Arthur   Et voilà ? Salopard !

Roman   Oh, oh, du calme hein ! Tu voulais que j'appelle la police, j'ai appelé la police, d'accord ?

Arthur   Non, évidemment, pas d'accord.

Roman   Bon, je déteste ne pas comprendre. Alors, maintenant, tu me racontes, tu m'expliques. Qu'est-ce que vous faites là-haut, tous les deux ? Et c'est quoi cette histoire d'autolyse ?

Arthur   Et vous, vous êtes qui ? C'est vous le gardien du site ?

Baptiste   Mais non, il est taxi !

Arthur   Vous êtes gardien ou taxi ?

Roman   Quelle importance... Gardien, taxi, hein, quelle importance ? On s'en fout, n'est-ce pas l'andouille, là-haut ? Hein, qu'on s'en fout ? Gardien, taxi, c'est comme si ça m'importait, à moi, que tu sois banquier, artiste ou... ou quoi d'ailleurs ? Au fait, tu me le dis, maintenant ?

Arthur   Qu'est-ce qu'il s'est passé entre vous ?

Baptiste   Rien.

Arthur Allons ! Il est temps de parler franchement, non ?

Baptiste Rien, je vous dis !

Silence.

Baptiste Bon... Mais rien... Ça a commencé bêtement, ça n'était pas voulu, pas préparé. Juste comme ça.

Arthur Et ?

Baptiste J'étais à l'aéroport, je descendais de l'avion.

Roman Ah ouais, tiens, pour aller où ? Hein, tu venais d'où ? Tu allais où, crapule ?

Baptiste Peu importe, ce qui compte, c'est ce qui s'est passé à cet instant.

Arthur Quoi ?

Baptiste Ben, rien en somme. Juste, j'ai suivi le mouvement. Je me suis levé de mon siège, j'ai attendu que la porte s'ouvre.

Roman C'est bien !

Baptiste Ça a un peu tardé, nous étions debout dans le couloir, alors ça bousculait un peu, puis on a pu sortir, j'ai emprunté la passerelle, j'ai suivi le mouvement.

Arthur   Encore !

Baptiste   Ben oui, normal non ? Tout le monde fait ça, j'ai attendu mon bagage, il a mis longtemps à apparaître sur le tapis roulant, puis je me suis dirigé vers la sortie, personne ne m'a rien demandé, donc là, il ne s'est rien passé, et puis les portes coulissantes translucides, vous savez celles de l'aéroport d'Orly...

Arthur   *(impatient)* Oui, allez...!

Baptiste   Elles se sont ouvertes, j'ai fait quelques pas.

Roman   Non ?

Baptiste   Et là, il y avait une foule de gens qui attendaient des passagers de mon vol et d'autres vols. Moi non, personne ne m'attendait, mais ça, je le savais. Ça n'était pas un problème. Pas surpris non plus. Rien. C'était rien, un non-évènement. Et puis là, il y a eu ce monsieur.

Arthur   Ce monsieur ?

Baptiste   Oui, lui, celui qui est là !

Roman   Moi !

Baptiste   Oui, vous ! Vous m'avez regardé !

Roman   Mais non, je ne t'ai pas regardé.

Baptiste   Si !

Roman   Non.

Baptiste   Mais si ! Vous m'avez regardé. Droit dans les yeux. Et vous m'avez appelé !

Roman   N'importe quoi ! Je n'ai rien dit !

Baptiste   Non, mais votre regard m'a appelé.

Roman   Mais il n'a rien dit, mon regard.

Baptiste   Si !

Roman   Mais non ! Je t'ai peut-être regardé, mais comme je regardais tout le monde, quoi ! Je regardais à la cantonade, juste comme ça, pas un en particulier, mais chacun, les uns après les autres, dans la foule.

Baptiste   Ah !

Roman   Oui, mais je ne t'ai pas appelé ! Je regardais, je cherchais mon client moi ! Je n'avais aucun indice, on ne m'avait rien dit, juste un nom.

Baptiste   Lelièvre !

Roman   Oui, Lelièvre, c'était inscrit sur la tablette. C'est tout. Moi, j'étais là avec ma tablette, et j'attendais de voir Lelièvre se présenter...

Arthur   Et vous vous êtes présenté !

Baptiste   Oui.

Arthur   Et vous n'êtes pas Lelièvre !

Baptiste   Non.

Arthur   Mais pourquoi avez-vous avez fait ça ?

Baptiste   Je ne sais pas. Comme ça. L'attraction du moment. L'occasion. La plus forte pente. Je ne sais pas. Je l'ai fait. Voilà tout.

Arthur   Il est fou ! Et après ?

Baptiste   Après, je l'ai suivi, je suis monté dans le taxi, et j'ai attendu de voir où il allait me déposer.

Arthur   Et où est-ce qu'il vous a déposé ?

Baptiste   Au Palais des Congrès. Je suis sorti du taxi, tout bêtement.

Arthur   Tout bêtement !

Baptiste   Oui. C'était l'entrée des artistes. Un voiturier a ouvert la porte. Il m'a dit « Bienvenue, Monsieur Lelièvre ! C'est par là, vous êtes attendu. » Là, le chauffeur m'a dit : « On m'a dit de vous attendre, c'est moi qui vous raccompagne après votre conférence ! Je vous attends où ? » Je lui ai dit : « Là, attendez-moi là... »

Roman   Et j'ai attendu ! Des plombes, j'ai attendu. Personne ne m'a prévenu. Même pas mon patron !

Baptiste   Oui, mais je suis revenu !

Roman Et il est revenu ! En plus, il est revenu ! Deux heures après, il est revenu, comme si de rien n'était...

Arthur Mais qu'est-ce que vous avez fait ? Un concert ? Du patin à glace ? Holiday on ice ?

Baptiste Non, non, je vous dis, il s'agissait d'une conférence, un grand show sur la finance, je ne sais quoi...

Arthur Et vous avez fait une conférence ? Vous êtes arrivé sur scène, et vous avez parlé d'un sujet que vous ne connaissez pas ? Non... !

Baptiste Non, j'ai hésité, je pensais que ça allait finir comme ça, mais dans les couloirs, il y a quelqu'un, le régisseur je pense, qui m'a dit : « hop, hop, Monsieur, faut pas traîner là, c'est réservé ici, veuillez retourner en salle ! »

Arthur Alors, vous êtes allé du côté du public ?

Baptiste Oui.

Roman Complètement timbré !

Arthur Mais là...

Baptiste Là, il ne s'est pas passé grand-chose... Forcément, l'intervenant avait du retard. Il y a bien des gens qui ont parlé sur scène, mais le public commençait à s'impatienter, parce que celui qu'ils attendaient tardait à venir.

Arthur C'était vous !

Baptiste Non.

Arthur Si !

Baptiste Oui, mais non, ça n'était pas moi.

Arthur Non, mais ça, on le sait... Mais c'était vous quand même ! C'était vous ou plutôt la personne dont vous aviez pris la place... pour la laisser vide sur scène !

Baptiste Oui...

Arthur Et il est arrivé finalement ?

Baptiste Oui, au bout de deux heures. Ils ont improvisé une pause, mais quand il est arrivé, je suis parti.

Arthur Et vous savez qui c'est ?

Baptiste Un ponte du FMI, visiblement. Numéro deux, je crois. Mais moi, je n'en avais jamais entendu parler.

Arthur Évidemment... pas le même monde quand même !

Roman Ouais, ben moi, je t'ai attendu... bêtement. Je n'en savais rien de ce qui se passait. Personne ne m'a prévenu. Même pas mon patron. Et mon patron, depuis, il est injoignable, il ne répond pas. Vous entendez ça ? Il ne me répond pas !

Arthur Mais voyons, vous lui expliquerez... Ce n'est pas votre faute ! Il ne faut pas vous mettre dans cet état-là pour ça...

Roman Ah oui, faut pas se mettre dans cet état-là pour ça ! Eh bien, si, moi, je me mets dans cet état-là pour ça ! Bien sûr que si ! Parce que je vais perdre mon boulot, moi, à cause de lui ! Parce que ce qu'il ne te dit pas, c'est que ça a continué, après ! Il est remonté dans la voiture, et là, il m'a baladé ! *(l'imitant)* « Ah non, finalement, je ne retourne pas directement à l'aéroport, vous allez m'amener au Ministère. » Et moi, estupido : « Oui Monsieur, bien Monsieur, comme vous voudrez Monsieur... Oui, c'est le service de notre agence, il n'y a pas de problème, Monsieur. Je peux aussi vous aider si vous avez besoin, nous proposons des services de conciergerie intégrés aux prestations de transport. Oui, très bien, Monsieur. Puis-je demander à Monsieur s'il est satisfait de sa conférence ? Ah ! Et excusez-moi de ma curiosité, Monsieur, mais pouvez-vous me dire, euh... la crise, d'après vous, c'est passé ? J'en profite, excusez-moi, mais vous savez, on a beaucoup souffert ici, alors je voudrais savoir, c'est une occasion unique de vous rencontrer, Monsieur, d'avoir des informations sûres qui viennent d'en haut, si je peux me permettre... » Et il me répondait ! Il m'a fait un cours sur l'économie mondiale ! Il m'a parlé de Trump et d'Obama ! Je peux vous le dire, hein, d'après lui, ça va s'arranger, mais il faut rester prudent, heureusement, le FMI est là et veille au grain. Voilà ! Bravo, l'artiste !

Arthur C'est fascinant !

Roman Oui ! Et après, le pompon, c'est qu'il m'a fait venir ici, dans ce pays boueux ! On a fait deux cent cinquante bornes pour venir ici. Il m'a demandé de le laisser au Crédit Mutuel de Bernon-la-vieille, là, à côté. Ça a commencé à me sembler bizarre tout ça... Je me dis, quand même, que j'aurais pu m'en douter avant...

Arthur Au Crédit Mutuel ?

Baptiste J'avais besoin de cash.

Arthur Mais pourquoi à Bernon-la-Vieille ? Qu'est-ce que vous venez faire ici ? Vous n'êtes pas le gardien, on est bien d'accord ?

Baptiste Non.

Arthur Pardon ?

Baptiste Non, je ne suis pas le gardien.

Arthur Mais qui êtes-vous alors ? Qu'est-ce que vous faites là ? Et cette corde, tout cet attirail, cette torche, ce baudrier ?

Baptiste Oafff... Ce n'est pas intéressant, ça ne vaut pas la peine d'être raconté.

Arthur Mais si, voyons, bien sûr que si ! Précisément, c'est important de raconter. Vous avez débarqué ici, suivi de près par quelqu'un qui vous en veut, je ne sais pas comment cela va finir, mais je pense qu'il vaut mieux tout nous dire, tout nous expliquer. Alors, qu'est-ce que vous faites là ?

Baptiste   Je suis ingénieur.

Arthur   Oui ? Et ?

Baptiste   Je travaille pour un cabinet dans la gestion des risques industriels. Je fais des calculs toute la journée. On fait des arbres de décision, on agrège les probabilités, on décortique les chaines causales, on anticipe les effets, bref, tout cela donc.

Arthur   Et ?

Baptiste   Et rien, vous me demandez ce que je fais, je vous réponds.

Arthur   Je ne vous ai pas demandé ce que vous faites dans la vie, je vous ai demandé ce que vous faites là.

Baptiste   Bah je suis venu, rapport à ce qui s'est passé en bas, l'explosion du digesteur, tout ça.

Arthur   Ah... Vous êtes en mission !

Baptiste   Non, pas tout à fait. J'ai posé des congés pour venir ici, je ne travaille pas. Pas officiellement.

Arthur   Je ne comprends pas.

Baptiste   J'ai entendu parler de cet accident, ça nous a fait rire avec les collègues, pour une fois c'était une explosion un peu drôle, mais bon, c'est tout. Mon cabinet ne travaille pas sur ce dossier. Mais moi, il y a quelque chose qui m'a intrigué dans cette histoire, j'ai voulu voir de mes propres yeux.

Arthur Donc, vous vous êtes levé et vous vous êtes dit : « Tiens, je vais poser un jour de congé pour aller voir un digesteur explosé ! »

Baptiste Oui.

Arthur Et le matériel de montagne, c'est pour quoi ? Pas pour descendre dans la cuve, tout de même ?

Baptiste Si.

Arthur Pourquoi ?

Baptiste Pour aller voir, je vous dis ! Il y a peut-être quelque chose d'intéressant au fond...

Arthur Il y a peut-être quelque chose d'intéressant au fond de la cuve, vous dites ? Mais peut-être pas. Et vous faites des centaines de kilomètres pour voir s'il y a, ou pas, quelque chose d'intéressant au fond de la cuve... pff... Que dire ? *(à Roman)* Vous en pensez quoi, vous ? J'hésite entre fascinant et... consternant.

Roman Dégueulasse, voilà ce que j'en pense : Dégueulasse ! Salopard !

Arthur Mais voyons, ce n'est pas si grave... Votre patron, il va comprendre, vous n'y pouvez rien !

Roman Précisément, je n'y peux rien et c'est insupportable ça ! Je n'y peux rien, je n'ai rien pu faire contre cet escroc, je n'ai pas pu l'empêcher de me balader toute la journée. Je n'ai pas pu l'empêcher de me faire payer, moi, avec ma carte. Ça fait partie du service de qualité haut de gamme, tout offert, tout compris ! Je lui ai payé le restau trois étoiles ! Et pour me faire rembourser ça, je peux toujours courir ! Alors oui, je n'y peux rien et je n'y peux rien si mon patron ne me rappelle pas, comme je n'y peux rien s'il me vire... C'est sûr, il m'a déjà viré ! Sans même me le dire !

Arthur   Mais enfin, calmez-vous !

Roman   Des années, vous entendez des années pour sortir de la merde, et voilà qu'un hurluberlu vient tout gâcher !

Baptiste   Mais je n'ai rien fait !

Roman   Si tu as tout cassé, salopard !

Baptiste   Mais non !

Roman   Hé si ! Tu ne te rends pas compte, les efforts que ça m'a demandé pour m'en sortir. Parce que pendant que Monsieur faisait des calculs de probabilités, moi, toutes ces années, je croupissais en taule, tu m'entends !

Arthur   En taule ?

Baptiste   Mon dieu ! Pourquoi ? Un psychopathe, je vous l'avais dit... Nous sommes perdus !

Roman En taule, oui en taule ! À vous, je vous le dis franco : oui, en taule ! Des années que je ne l'avais pas dit. À personne je ne l'ai dit, à personne ! Personne ne le sait. Rasé, mon passé, vierge, blanc comme de la neige. Impeccable, le gars, jamais un pet plus haut que l'autre, une honnêteté et une droiture indiscutables...

Baptiste *(ricanant, s'adressant à Arthur)* Vous avez entendu l'expression... ? Pff !

Roman Quoi, là-haut ? Qu'est-ce qu'il a mon canard, mon sanglier ? Parce que je vais n'en faire qu'une bouchée, moi, j'ai retrouvé mon appétit d'antan. OK ? Alors, tu ne bouges pas, tu m'écoutes, tu parles quand je te le demande, c'est tout, et après, seulement après, je t'assomme, je te coupe, je te bouffe...

Baptiste Il est sérieux là ?

Arthur Chut !

Roman Putain, quand j'y repense, tous ces efforts... Pas un n'aurait misé là-dessus, tous prédisaient ma perte et, pourtant, je m'en suis sorti. Enfin, je m'en étais sorti, avant de croiser son chemin ! C'est que j'étais défavorablement connu, comme on dit. Mais pas seulement de la police, de l'opinion publique, de tout le monde quoi.

Arthur C'est qui ?

Baptiste Je ne sais pas.

Arthur Oh... Mais qu'est-ce que vous aviez fait ?

Baptiste   Vous allez nous couper en rondelles ?

Roman   Ahlàlà ! Mon œuvre, ma réhabilitation... Et tout qui s'écroule, là, tout d'un coup...

Arthur   Mais enfin, rien ne s'est écroulé pour vous, voyons !

Roman   Non, pas encore, mais c'est déjà trop tard, je le crains... Je sens la glace qui craque sous mes pieds. Je suis sur la banquise, jusque-là tout allait bien, et je n'avais aucune raison de m'inquiéter. Aucune. Alors, je pensais à tout autre chose qu'à vérifier la solidité du sol. Mais voilà que j'ai entendu un craquement, un craquement sourd, vous entendez, j'ai senti sous les pieds la fragilité de la glace. La couche est fine, maintenant je le sais, j'ai vu que ça avait craqué pas loin d'ici, je n'ai plus confiance, moi, là, OK ? Et quand je n'ai plus confiance, je vous le dis, il y a quelque chose que je ne contrôle plus...

Baptiste   Oh mon Dieu !

Arthur   Bon, mais voyons, voyons, rassurez-vous ! Pour reprendre confiance, j'ai un truc, moi, il faut que vous regardiez autour de vous. Regardez, et fiez-vous à ce que vous voyez, seulement à ce que vous voyez. À la perception immédiate, voilà. Seulement à ça, vous allez voir, ça va aller mieux. Parce que sinon, vous savez, si l'on rentre dans l'imaginaire...

Roman   Ouais, une grue, voilà ce que je vois. Deux hurluberlus paumés là-haut.

Arthur   Voilà, vous voyez, tout ne s'est pas effondré. Tranquille, le monde est là, il tient ! Regardez, regardez en bas, vous verrez, les maisons, les routes, votre voiture peut-être, voyons, elle est là, forcément !

Roman   Je ne peux pas.

Baptiste   Mais si, regardez ! Votre voiture, là... elle est là !

Roman   Je ne peux pas, je vous dis !

Arthur   Eh bien, bougez un peu, décalez-vous, vous verrez mieux.

Roman   Je ne peux pas, je vous dis, j'ai le vertige ! Voilà ! Je ne peux pas ! J'ai le vertige, ça me fait peur !

Baptiste   Pff ! Et ça joue au caïd !

Arthur   *(à Baptiste)* Chut !

Roman   Je n'y peux rien, ça m'angoisse. Et toi, je te conseille de ne pas trop te foutre de moi... Ça m'angoisse, ça me fait peur, je peux tomber ! Oh là là, et voilà, juste à y penser, et c'est un enfer, je n'aurais pas dû vous en parler, vous écouter ! Y a l'abîme qui s'ouvre, oh putain ! Vous n'auriez jamais dû me lancer sur le sujet ! Aïe aïe aïe... Laissez-moi tranquille, taisez-vous, j'ai besoin de calme, j'ai besoin de reprendre mon souffle !

Baptiste   Tiens, lui aussi il veut être tranquille, c'est une manie ici... Hé c'est vous qui êt...

Arthur   Chut, taisez-vous, voyons !

Roman   Je ne suis pas un psychopathe, au passage, tu peux rassurer ton ami, mon frère. Je suis, enfin, j'étais un escroc, mais pas un petit escroc misérable comme lui, un vrai, un grand escroc, je magouillais dans les milliards de bénéfices des multinationales, moi, les mecs, j'œuvrais dans l'ombre et je m'en foutais plein les poches. Jusqu'au jour où ça s'est vu. Et ça s'est vraiment beaucoup vu. Mais j'ai payé, j'ai payé ma dette, moi, maintenant. Moi, je veux une petite vie tranquille, là. J'ai payé et je construis ma paix. Alors, je ne laisserai jamais personne venir gâcher tout ça. Oh là, l'ingénieur, calcul de risques ! Tu sais comment on fait pour trouver du boulot quand une simple recherche de nom sur Internet renvoie ton casier judiciaire à qui veut ? Eh bien, on se cache, on se planque, on se fait tout petit, on ne fait aucune faute, jamais, rien... Allez, suffit, laissez-moi, maintenant, faut que je respire un peu.

Acte II, Scène 3

Roman arrive au même niveau qu'Arthur et Baptiste, qui s'affairent, assis un peu plus loin sur la flèche de la grue.

Arthur   Ha, vous êtes là ! Ça va mieux ?

Roman   Ça va, ça va. On oublie ça, hein !

Arthur   Eh bien, tant mieux.

Baptiste   Parce que vous étiez un peu nerveux !

Arthur   Allez, venez, venez vous asseoir ! Au point où on en est !

Roman   Non, non, moi, je ne m'avance pas plus loin, ça suffit. Qu'est-ce que vous faites, là, dans votre coin ?

Arthur   Rien, on discute.

Baptiste   Non, on fait des essais de corde !

Arthur   Ah ! Mais pourquoi vous lui dites ça ?

Baptiste   Pourquoi pas ? Autant lui dire ! *(s'adressant à Roman)* Parce qu'on voulait rentrer chez nous. Et comme, pour des raisons de sécurité, disons, on ne voulait pas vous déranger, eh bien, on regardait si avec la corde, on pouvait passer par là.

Roman Ah ! Vous vouliez rentrer chez vous, les tortues, c'est mignon ça ! Mais le suicide alors, vous n'y pensez plus ?

Baptiste Moi non, mais je n'y ai jamais pensé.

Arthur Mais attention, il peut quand même le faire ! À tout instant, ça dépend de l'occasion. Un regard peut suffire...

Baptiste Et lui, il en parle beaucoup, mais bon, il y a peu d'actes, hein. Peu de risques, il me semble. Le danger est grand certes, mais la probabilité est très faible. Le risque, c'est le produit des deux. Plutôt faible en somme, hein.

Roman Vous me fatiguez, les Dupont et Dupond. Attention, j'ai le crâne encore un peu patraque, là. Alors, on va simplifier les choses, parce qu'il est le moment de conclure. Toi, l'ingénieur, tu vas te taire un moment, ça va nous faire du bien. Et toi, tu me dis simplement, mais simplement, ce que tu fais là.

Arthur Jamais !

Roman Oh si ! Bien sûr que tu vas le faire.

Arthur Mais non ! Enfin, pourquoi ? En quoi ça vous regarde ? C'est quoi, cette histoire ? Je n'ai pas à vous raconter ma vie !

Roman   Pas ta vie, juste ça, là. Qu'est-ce que tu fais là ? Tu t'es mis sur mon chemin, en travers de ma route, j'ai le droit de te demander ce que tu fais là, en haut de cette grue.

Arthur   Non.

Baptiste   Ne vous fatiguez pas, il ne vous dira rien.

Roman   Allez, je te le demande une dernière fois, avant de m'énerver, parce que là, j'ai vraiment envie de passer à autre chose, et de m'occuper de ton copain. Et d'ailleurs, je n'y crois pas à cette histoire de suicide, vous me baladez, là. Alors, dites-moi, c'est quoi cette autolyse, c'est quoi le plan que vous combinez ?

Baptiste   Non, non, attendez ! Il n'y a pas de plan, on ne vous balade pas, hein ! N'allez pas vous imaginer des choses. On ne vous balade pas, promis ! Vraiment. Autolyse, c'est suicide. Ça c'est sûr. Alors, comme il ne veut rien vous dire et que je ne voudrais pas que vous compreniez de travers, je vais tout vous raconter.

Roman   Vas-y !

Baptiste   Quand je suis arrivé ici, je l'ai vu, il était déjà là, en haut de la grue. Et j'ai compris tout de suite : il était prêt à sauter, le malheureux ! Alors, ni une ni deux, je suis intervenu. D'abord d'en bas, mais ça n'a pas suffi, et puis je suis monté. Et je l'ai sauvé ! Vous m'entendez, je l'ai sauvé ! Il va mieux, hein ! C'est pas encore nickel nickel, mais il va mieux.

Arthur   N'importe quoi !

Baptiste   Si, si ! Et sur le pourquoi il voulait faire ça, c'est assez simple, en somme. Il s'agit juste d'un coup de foudre qui a mal tourné. Vous voyez, ce n'est pas la peine de s'inventer des histoires, hein, il n'y a rien à fantasmer. Que du banal de chez banal, quoi.

Arthur   Je suis affligé. Consterné. Car le pire, c'est qu'il croit vraiment à ce qu'il dit.

Roman   Quoi, c'est pas vrai ce qu'il dit, ton ami ?

Arthur   Bien sûr que non, ce n'est pas vrai ! Voyons, il est complètement timbré, ce type ! Il est fou, il est sourd, il est aveugle ! Enfin, il est dans son monde tout de même, vous l'avez remarqué, non ? Il est dans son monde et il se balade avec. Son monde, c'est sa tête, et tout ce qu'il voit, tout ce qu'il entend, il le fait correspondre avec quelque chose qui est déjà là, gravé sur sa mappemonde. Il interprète tout pour que ça corresponde avec ce qu'il a déjà en tête. Voilà. Alors il m'a vu en haut de la grue, il s'est dit : « Oh ! Il veut se suicider, il faut que je le sauve ! », et depuis, il n'en démord pas : tout ce que je dis, il l'interprète dans ce sens-là ! Mais, je n'ai jamais voulu me suicider, moi ! Jamais !

Baptiste   Oh ! Quel menteur !

Roman   C'est vrai ce que tu racontes ? Mais alors qu'est-ce que tu fais là, tu vas finir par me le dire ? Tu vas le cracher ton morceau ?

Arthur   Mais il n'y a pas de morceau, rien, pas de mystère. J'étais là, un point c'est tout ! Je voulais être tranquille, peinard. Un instant ! Juste un instant, je voulais être là, sans personne qui m'emmerde. Je cherchais un endroit, je ne l'ai pas trouvé, j'ai vu cette grue, je me suis dit : tiens, bonne idée, là-haut, ça sera parfait ! Tu parles !

Roman   C'est tout ?

Arthur   Oui, c'est tout ! Mais visiblement, c'est déjà énorme, incroyable, impossible même. Un instant sans l'autre, visiblement, ça ne se fait pas, ça ne tient pas debout ! Il faut construire toute une histoire à la place, parce que sinon, ça fait comme un trou visiblement, je ne sais pas, moi, ça angoisse, ça ne se conçoit pas... Alors il est arrivé. Il m'a interpellé d'en bas. Et puis il ne m'a plus lâché. Un flot de paroles, continu. Et puis il a grimpé et il a continué à me parler, à me questionner, à me faire partager la moindre de ses pensées ! Il m'a attaché, vous entendez ? Attaché ! Voyez, regardez, là, cette corde, il m'a ligoté, il m'a jeté dans le vide, et il a continué à me parler. Et puis vous êtes arrivé et puis vous vous y êtes mis à plusieurs...

Roman   Non, non, attends, mon lapin. Moi, je n'y suis pour rien dans ton histoire. Moi, je l'ai suivi, lui. OK ? Je ne te veux rien à toi, je ne t'ai pas cherché. Notre rencontre est totalement fortuite.

Arthur   Mais pour lui aussi, c'est fortuit ! Justement, tout est fortuit avec lui ! C'est le règne du hasard, du rebond de la boule de billard. Il fonctionne à ça, à la causalité proximale. On fait les choses de proche en proche, ça n'a pas plus de sens que ça. Il n'y a pas une direction qui se dégage. Vous l'avez entendu, c'est la plus forte pente, la petite attraction de proximité, qui fait son œuvre au quotidien. Voilà, c'est ça qui le guide, qui le mène. Tout ça mêlé de bons sentiments, bien poisseux, en guise de ciment. Et le voilà, prêt à tout, paré à toute éventualité, rien ne le surprend ! Il vit. Il vit comme il meurt, il meurt comme il vit, c'est égal.

Baptiste   Vous y allez un peu fort, quand même ! Après tout ce que j'ai fait pour vous !

Arthur   Mais tout ce que vous avez fait pour moi, vous l'avez fait pour vous, voyons ! Si c'était vraiment de moi dont il s'agissait, vous m'auriez laissé faire ce que je voulais ! Et moi, je voulais de la grâce, de la légèreté. Je pensais la trouver dans la fraîcheur d'une nuit d'été, seul à regarder la vallée. Je voulais juste m'élever un peu, sortir la tête du tumulte et de la marée humaine. M'extraire, juste un instant. Comme un danseur ! Voilà ! Un danseur qui prend son élan, s'élève et...

Baptiste   ...et retombe !

Arthur   *(consterné)* Mais non ! D'accord, ça ne dure qu'un instant, mais cet instant-là, il est précieux, voyons ! Il ne faut pas le bafouer ! Il est... *(soupir)*

Silence.

Arthur   *(résigné)* OK, vous avez raison, je suis retombé. Grâce à vous, les deux pieds dans la boue. J'étais plein de confiance et de certitude tout à l'heure. Je ne demandais rien à personne, je savais ce que je voulais. Et voilà, je suis de retour, avec vous, pris dans vos mots, dans les marais de la complexité, de l'ambivalence, de l'hésitation.

Baptiste   Il délire !

Arthur   Non, je ne délire pas. C'est bien ça, votre vie, non ? Tout se discute, tout s'argumente, on ne sait pas trop, on peut voir les choses de différentes façons. On peut aimer et ne pas aimer à la fois. Alors, on crée du lien, chacun se débrouille avec ça, chacun tisse sa toile, son petit nid. On ne sait pas qui va être pris dans les filets, ce qu'il va y avoir dans le garde-manger. On verra bien.

Roman   *(à Baptiste)* Ah oui, il n'est pas facile à suivre, ton copain !

Arthur   Vous aussi, vous croyez que je délire ? Dommage. Parce que je commençais à bien vous aimer, vous savez ? Eh oui, c'est ça, maintenant que je suis de retour sur terre, avec vous, j'ai envie d'aimer les gens ! Pire, je me surprends à leur vouloir du bien ! *(désignant Baptiste)* Tout comme lui, finalement ! Et comme lui, je sais exactement ce dont vous avez besoin. Mieux que vous-même. Alors, vous savez quoi ? je vais vous aider. C'est que vous m'avez touché, au fond, avec votre rage, votre colère.

Roman   Oh là ! Attention, hein !

Arthur   Ah ben si, il y a de la rage, là !

Roman   Bas les pattes, pas touche, ne t'approche pas hein, c'est sensible !

Arthur   Sensible ! Justement, c'est sensible ! Vous avez la sensibilité exacerbée de la bête blessée...

Roman   Bête blessée ?

Arthur   Oui, bête blessée ! Vous avez une plaie béante qui sommeille en vous, et si l'on vous contrarie un peu, le risque, c'est que ça la réveille, c'est ça, non ? Vous êtes gouverné par la douleur et la peur ! Derrière vos rodomontades et vos moulinets, c'est votre fragilité, votre vulnérabilité qui se dévoilent ! Vous croyez qu'on ne les voit pas, elles nous crèvent les yeux, à nous !

Roman   Ça suffit ! Tu te tais maintenant, tu ne me dis rien de ce genre-là, OK ? Je ne suis pas fragile, tu entends ? Je n'ai pas de plaie ouverte. Mais toi, vas en avoir une, bientôt, je te le promets ! Alors si tu veux éviter la fracture, tu enlèves ça tout de suite !

Arthur   Non !

Roman   Tu enlèves ça tout de suite ou je te fais décoller ! Tu vas le faire ton pas de danse, tu vas l'avoir ton saut de l'ange !

Arthur   Non ! Parce que c'est la vérité !

Roman   OK, en plus, je crois que tu n'as pas bien compris les choses. Alors, je vais te ré-expliquer, pour que ça te rentre dans le crâne. J'ai dit que je me reconstruisais, ça ne veut pas dire que je suis blessé ou amoindri, ça veut dire que je ne laisserai jamais personne se mettre en travers de ma route. Et certainement pas toi, ni ton copain Simplet.

Baptiste   Du calme !

Roman   Non, pas du calme ! Et toi aussi, tu te tais ! Tu m'as déjà assez foutu dans la merde. Et, qu'on se comprenne bien, les gars, j'en ai rien à foutre de ce travail, vous entendez ? Rien à foutre ! Faire le larbin des VIPs c'est pas vraiment mon truc. Alors, moi, ce qui m'intéressait plutôt, vous savez ce que c'était ? C'était de les rencontrer ces VIPs, d'en accrocher un ou deux par le paletot, là comme ça, et, tout en leur parlant, de leur mettre la main à la poche, discretos. De commencer comme ça, et puis après, peu à peu, de s'en servir, de remonter l'échelle sociale en quelque sorte. Ils allaient me faire la courte échelle, j'allais essuyer mes godasses dégueulasses sur leurs costumes Arnys, et j'allais remonter comme ça. Mais tout ça, c'était sans compter le malade des probabilités et du hasard ! Et ça, vraiment, je vous l'assure, maintenant que vous m'avez bien chauffé, je vais vous le faire payer à tous les deux ! Pas de distinction...

Baptiste   Mais...

Roman   Ta gueule ! Ta gueule, hein ! Taisez-vous, tous les deux !... Suffit !... Put...

Roman s'interrompt soudainement, après avoir vu quelque chose bouger au bout de la flèche.

Roman   Oh ! Mais, qu'est-ce que... qu'est-ce que c'est ça, là-bas ?

Silence.

Roman   Qu'est-ce qu'il y a là-bas ? Répondez !

Arthur Rien, rien du tout.

Baptiste Le bout de la grue, le vide... ! C'est tout, pourquoi ? *(se tournant vers Arthur)* Il me fout les jetons, lui !

Arthur Rien, rien, je ne vois rien, ne vous en faites pas...

Roman Je ne m'en fais pas, minus ! Mais il y a quelque chose là-bas, quelque chose qui bouge et si je ne me trompe pas, je crois savoir ce que c'est...

Roman se fraye un passage sur la flèche étroite.

Roman Allons, allons, bouge-toi, laisse-moi passer. Mais laisse-moi passer, bon sang ! Pousse-toi, toi aussi ahh... *(s'adressant à Baptiste)* Attends, attends, toi là, tu vas m'attacher !

Baptiste Mais...

Roman Il n'y a pas de « mais » ! Tu m'attaches, et tu m'assures ! Attention, pas de gag, hein !

Baptiste Pff... Allez, passez ça autour de la taille ! Allez, voilà, vous êtes assuré, vous pouvez y aller ! Il n'y avait pas beaucoup de risques, hein. Mais bon, allez-y ! Et ne vous en faites pas, hein, je vous assure ! *(ironique)* Confiance... !

Arthur Faites gaffe, vous, il est sérieux, pas de blague...

Roman s'avance vers le bout de la flèche.

Roman   Voilà, j'en étais sûr ! Je l'avais reconnu de là-bas, ah putain, j'ai l'œil quand même, c'est bien ça, je suis content !

Baptiste   Mais qu'est-ce que c'est, qu'est-ce qu'il a trouvé ?

Arthur   Je ne sais pas. On dirait un oiseau... pas très vif. Un oiseau blessé.

Baptiste   Oh mon dieu, mais qu'est-ce qu'il va en faire ? Il va l'égorger, l'achever ?

Arthur   Ou l'épargner ? Le sauver ? On ne peut pas savoir. Et puis c'est peut-être la même chose finalement.

Roman   Et voilà, j'en étais sûr ! Je vous l'avais dit hein ! Vous croyiez que c'était une hirondelle, eh bien non, c'était un martinet ! Nigauds, va ! Et vous savez comment on reconnaît une hirondelle d'un martinet ?

Arthur   Non.

Roman   Moi non plus, mais ça c'est un martinet ! Et vous savez ce qu'il y a de surprenant chez le martinet ? Non ? Eh bien, que lorsqu'il est au sol, il ne peut plus décoller, figurez-vous. Il a des pattes trop courtes par rapport à ses ailes. Alors, il faut qu'il soit perché, pour pouvoir décoller. Un martinet au sol, si personne ne vient l'aider, il est mort. Étonnant, non ?

Arthur   Oui, mais là, il est perché, laissez-le !

Roman   J'ai toujours adoré les oiseaux, moi. Au moins avec eux, il n'y a pas d'embrouilles. Regardez-le, il a de la gueule, non ? De ma cellule, j'observais les oiseaux migrateurs, je m'en souviens. Le seul spectacle qu'on ne pouvait pas m'enlever.

Baptiste   *(à Arthur)* Venez, on s'en fout, on se tire !

Arthur   Oui, vous avez raison, allez, on y va !

Arthur et Baptiste se pressent vers l'échelle de la tour.

Roman   Hé oh, non ! Ne vous en allez pas !

Baptiste   Vite, vite !

Arthur   Oh ! Attendez, attendez ! On est tout emmêlés, avec ça...

Baptiste   Vite ! Il va revenir et nous bloquer le passage !

Roman   Oh, je vous interdis, ne partez pas ! C'est moi qui suis aux commandes, rappelez-vous !

Baptiste   Allez vite, vite, dépêchez-vous !

Arthur   J'arrive... Mais la corde !

Baptiste   Quoi la corde ?

Arthur   Eh bien, la corde ! On est tout emmêlés, et lui, il est encore attaché !

Baptiste   Ah zut ! Attendez, je lui envoie le reste !

Baptiste lance les anneaux de corde sur Roman, en vrac, comme il l'avait fait sur Arthur tout à l'heure.

Arthur & Roman   *(dans un même cri)* Non !

La scène est plongée dans le noir.
On entend un bruit de chute amortie.